AF286421

EINE ART VON LIEBE

DAS BUCH

Mit seinen Kurzgeschichten hat Hans-Joachim Bischof die Hand am Puls der Zeit.

Sie handeln nicht nur von verschiedenen Arten der Liebe, sondern auch von einer Diskussion der Genetiker über ein sehr langes Leben. Eine Zirkusgeschichte wird erzählt, und Erinnerungen an das *Trocadero*-Nachtlokal in Pforzheim werden wachgehalten.

Eine Gruppe älterer Damen kämpft mit Schwarzwälder Kirschtorten, Obstschnitten und ihren vielen Jahrzehnten Erlebenszeit. Mira, eine Sicherheitsexpertin, erzählt von ihrem Kampf gegen vier Verbrecher. Über Hollywood gibt es etwas zu berichten, und schließlich gelingt trotz Haien ein gefährlicher Tauchgang am Riff.

Am Ende schildert eine Vision die Arbeit der ersten Regierung einer vereinigten Erde.

Hans-Joachim Bischof

EINE ART VON LIEBE

Erzählungen

2024

Bibliografische Information der Deutschen Nationalbibliothek:
Die Deutsche Nationalbibliothek verzeichnet diese Publikation in
der Deutschen Nationalbibliografie; detaillierte bibliografische
Daten sind im Internet über http://dnb.dnb.de abrufbar.

Die automatisierte Analyse des Werkes, um daraus Informationen
insbesondere über Muster, Trends und Korrelationen gemäß § 44b
UrhG (»Text und Data Mining«) zu gewinnen, ist untersagt.

© 2024 Hans-Joachim Bischof
Umschlaggestaltung: Ursula Gassler
Lektorat und Satz: text*REIN*, Königsbach-Stein, www.textrein.de

Verlag: BoD · Books on Demand GmbH, In de Tarpen 42, 22848 Norderstedt
Druck: Libri Plureos GmbH, Friedensallee 273, 22763 Hamburg

ISBN 978-3-7597-6920-6

Inhalt

Vorwort

man schreibt

damit

Menschen und Erinnerungen

Liebe

aber auch Entsetzen

nicht verlorengehen

in der Zeit

Eine Art von Liebe

Ihr alter Freund Tom von der Universität wollte sie mal wieder mit jemandem verkuppeln. Yvonne stapfte durch den Schneematsch, hier in Berlin hatte es geschneit, und steuerte ein italienisches Restaurant an. Tom machte ständig Versuche, aber bisher hatte es nie funktioniert. Entweder war Yvonne zu dominant oder zu intelligent, manchmal beides.

Dieses Mal sollte es ein gewisser Andreas Voss sein, den er mit ihr bekannt machen wollte. Wenn der Neue erfahren würde, dass sie zwei Kinder zu versorgen hatte und das Geld verdammt knapp war, verschwände er vermutlich ganz schnell wieder. Das waren ihre Gedanken.

Sie öffnete die Tür ins Lokal und steuerte auf Tom und dessen Frau Lea zu, die bereits an einem Tisch saßen.

»Setz dich, nett, dass du gekommen bist«, begrüßte sie ihr Studienfreund.

Yvonne nahm Platz und nickte den beiden zu.

»Schieß los, mein Mentor, wer ist der Typ dieses Mal? Habt ihr ein Foto?«

Tom und Lea erzählten abwechselnd von dem Schicksal des armen Kerls: Geschieden, Jobverlust, Hausverkauf, Kinder weg, jetzt ohne feste Bleibe. Aber ein toller, gutaussehender Mann, etwas älter als sie.

Yvonne glaubte, sich zu verhören, das hatte ihr

gerade noch gefehlt. Ein Sozialfall mit gebrochenem Herz, schlimmer ging es fast nicht.

»Also, Tom, ihr habt schon Nerven, das muss ich sagen.«

Aber die beiden ließen nicht locker und drängten, sie solle ihn sich doch wenigstens mal ansehen.

Yvonne ahnte eine Falle. Man wollte sie verkuppeln, koste es, was es wolle.

»Wo ist er?«, fragte sie schließlich.

Tom drehte den Kopf zur Seite. »Er sitzt drüben auf der Eckbank. Tu uns den Gefallen und gehe mal rüber, das reicht schon.«

Yvonne war sich nicht im Klaren, am liebsten wäre sie wieder gegangen. Aber Tom und Lea zuliebe würde sie sich mit Andreas unterhalten.

Sie schlenderte zu dem Kerl hinüber, er saß mit gesenktem Kopf vor einem Glas Bier.

Mensch, sah der gut aus. Alle Achtung!

»Hallo, Andreas, ich bin Yvonne. Wir geht's dir so?« Sie setzte sich ihm gegenüber.

Er lachte komisch, aber auch irgendwie sympathisch. »Gegenwärtig bin ich ein Wrack«, war seine Erwiderung. »Aber es kann nur besser werden. Sag Andy zu mir.«

Er erzählte von seiner Familie und der Scheidung. Fast sein ganzes Geld war draufgegangen, und er suchte für eine gewisse Zeit eine Bleibe. Er kannte Tom von der Universität her und war ihm sehr dankbar. Also, er könne arbeiten, hätte noch einen Fernseher und ein Auto, keine Schulden, alles bezahlt.

Seine Ehrlichkeit imponierte Yvonne, und es sah für Andy bis jetzt nicht schlecht aus.

Sie unterhielten sich über die Kinder, Andys Nachwuchs hatte seine Frau zugesprochen bekommen. Er hätte auch noch einen Schrank mit vielen Büchern, wie er sagte, und Yvonne meinte dazu, dass in ihrer Wohnung genügend Platz wäre. Aber ihre Kinder müssten ihn akzeptieren, sonst könne sie ihn nicht einziehen lassen.

»In Ordnung, dann komme ich am Sonntag vorbei und stelle mich den Kids vor.«

Yvonne stimmte zu und verabschiedete sich von ihm.

Sie wollte noch ein paar Worte mit Tom und Lea reden, aber die beiden hatten sich klammheimlich verdrückt.

Murrend machte sie sich auf den Heimweg.

Andy kam Sonntagvormittag und beeindruckte auf Anhieb Yvonnes Töchter Hanna und Betty. Gemeinsam spielten sie *Mensch ärgere dich nicht* sowie *Fang den Hut* und schauten anschließend einen Film im Fernsehen an.

Gespannt beobachtete Yvonne die drei und war überglücklich, als beim Abschied die Mädchen darauf drängten, dass Andreas wieder kommen sollte.

Ein paar Tage später sagte sie ihm zu, dass er vorerst ein Jahr bei ihr wohnen könne.

Er wirkte sehr erleichtert, obwohl er zunächst für den Haushalt eingeteilt wurde, weil er noch keinen Job hatte. Putzen, kochen, waschen und die Kinder zur Schule bringen waren seine Aufgaben, die er sehr gut erledigte.

Yvonne hatte drei Tätigkeiten: den Minijob als Verkäuferin in einer Buchhandlung, dazu putzte sie in einem Kindergarten und schließlich hatte sie einen weiteren Minijob als Lagerhilfskraft in einem Kaufhaus. Sie kam oft erst am Abend heim, und Andy bereitete dann das Essen für alle zu. Yvonne war mit ihrem Untermieter ganz zufrieden, zumal er sich jetzt auch auf Arbeitssuche begab.

Er war gerade beim Putzen, da klingelte es an der Wohnungstür. Andy öffnete, ein Mann stand draußen.

»Hallo, guten Tag, ich bin Gerd Wickert. Yvonne und ich waren vor einem Jahr noch zusammen, und ich möchte ihr diesen Blumenstrauß geben.«

Andy blieb gelassen. »Gut, ich werde es ihr ausrichten. Das Grünzeug stelle ich in eine Vase.«

Gerd verabschiedet sich und ging ohne weitere Worte die Treppe hinunter.

Am Abend sprach Andy sie auf ihren Exfreund an, aber Yvonne stellte klar, dass da überhaupt nichts mehr lief. Es hätte nur Streitereien und Frust gegeben, daher die Trennung.

Danach schaute Yvonne ihre Post durch und fand einen Brief aus den Vereinigen Staaten.

»Walter, der Vater von Hanna und Betty, will nichts mehr bezahlen. Er braucht angeblich das Geld anderweitig.«

Yvonne schmiss wütend den Brief auf den Boden.

»Diese Arschgeige schwimmt in Geld, hat mehrere Milliarden und will uns den Geldhahn abdrehen. Die kleinen Beträge bezahlt der Typ aus seiner Portokasse, das merkt er überhaupt nicht. Der will mich persönlich fertigmachen.«

Andy ließ sie toben, ging in die Küche und brühte einen Tee auf. Als er ins Wohnzimmer zurückkam, saß sie am Tisch und hatte sich etwas beruhigt.

»Danke«, sagte sie und nippte an der Tasse.

»Komm, erzähl mir, was damals passiert ist, mit Walter und dir.«

Andy hörte entspannt zu, die Sache begann also vor einigen Jahren, als sie noch an der Uni Jura studiert hatte.

Es gab eine kurze Pause, dann flossen die Worte aus ihr heraus. Der Professor war von Yvonnes Leistungen überzeugt gewesen und stellte ihr eine Stelle als Assistentin in Aussicht. Dann lernte sie einen reichen Amerikaner kennen, Walter Connell, er war Erbe eines großen Mischkonzerns und studierte Wirtschaftswissenschaften. Yvonne war von ihm begeistert, und er war wohl auch in sie verliebt. Man zog zusammen und sie wurde schwanger, auch darum, weil Walter Kinder wollte. Die Uni hatte für sie keinen Sinn mehr, und kurz vor Bettys Geburt meldete sich Yvonne von der Hochschule ab. Das zweite Kind war Hanna. Während ihr Freund nicht an eine Hochzeit dachte, aber dennoch das Familienleben genoss, wollte Yvonne heiraten und danach ihr Studium fortsetzen.

Walter hingegen trauerte zunehmend seiner einstigen Freiheit nach, deshalb versprach er Yvonne eine große Summe Geld. Er gestand ihr, dass er einfach nur ein wenig »Familie« ausprobieren wollte. Folglich entwickelten sich die Dinge für Yvonne nicht gut. Walter war ein sehr reicher Mann und konnte mit einer aufmüpfigen Person, die, wie sie, eine eigene fundierte Meinung hatte, überhaupt nichts anfangen. Nach vielen Streitereien zog er aus der gemeinsamen Wohnung aus, und bald fand der Enttäuschte eine angehende Ärztin, die wegen ihm ihre Karriere aufgab. Als Walter sein Studium abgeschlossen hatte, zogen die beiden in die Vereinigten Staaten. Yvonne und die Kinder blieben zurück, wenigstens bezahlte der Ex für Hanna und Betty.

Das alles erzählte sie Andy, der aufmerksam zuhörte.

»Und jetzt will er euch den Geldhahn zudrehen, so ein Arsch.«

Yvonne meinte, das Wort sei absolut richtig.

In der folgenden Woche bewarb sich Andreas und erhielt kurzfristig einen Fahrerjob, wenn auch nur für ein Jahr.

Yvonne kam mal wieder spät heim und teilte traurig mit, dass ihr Minijob beim Kaufhaus weggefallen war. Denn nachmittags wurde immer weniger Ware angeliefert, und das Kaufhaus hatte einen strikten Sparkurs eingeschlagen, daher wurde die Stelle gestrichen. Aber sie besaß ja noch die beiden anderen Tätigkeiten, und Andy verdiente jetzt auch, weshalb es finanziell noch gut aussah.

Doch Wochen später wurde auch bei Yvonnes Putzstelle im Kindergarten der Rotstift angesetzt und sie hatte jetzt nur noch die Tätigkeit in der Buchhandlung. Zu allem Überfluss fingen die Kinder an zu quengeln, dass sie auch mal neue Kleidung wollten, nicht immer nur Gebrauchtsachen.

Yvonne war ziemlich niedergeschlagen, und so freute sie sich umso mehr, als Andy vorschlug, am Samstag ins KaDeWe zu gehen, um mal Konsumluft zu schnuppern, auch wenn man nichts kaufen konnte.

Doch kurz vor ihrem Ausflug läutete es an der Wohnungstür. Es war Gerd, wieder mit einem großen Blumenstrauß.

Yvonne blieb nichts anderes übrig, als mit ihm zu reden.

»Hör mal, was ist los, du platzt hier einfach herein?«, rief sie zornig. »Unsere Beziehung ist beendet, du erinnerst dich?«

Sie wollte möglichst ein großes Theater vermeiden.

»Ich will eine zweite Chance, für mich, für uns, was sagst du dazu?«, erwiderte Gerd.

Yvonne holte tief Luft und legte los: »Hast du vergessen, warum es nicht geklappt hat? Zum Beispiel deine Nörgeleien über das Mittagessen, obwohl du selber gar nicht kochen konntest. Dann lagen überall Kippen in der Wohnung, trotz der vielen Aschenbecher. Außerdem hattest du ja, wie du sagtest, meine ewige Besserwisserei sattgehabt. Na, erinnerst du dich? Und dazu hast du ja offenbar seit unserer Trennung eine Freundin, diese Barbara Müller.«

Gerd machte ein verlegenes Gesicht. »Aber ich liebe immer noch dich.«

»Mensch, du bildest dir da etwas ein! Das hat doch mit uns nie funktioniert. Glaube mir, ich liege richtig, oder hast du wieder ein paar Flaschen Bier getrunken? Gerd, wach auf, und lass das bloß die Barbara nicht wissen.«

»Schon passiert«, erklang eine Stimme vom unteren Stockwerk herauf.

Yvonne ging ins Treppenhaus und erblickte unten eine Frau.

»Um Gottes willen, auch das noch«, sagte sie leise. »Hallo, Barbara, wie geht es Ihnen?«

»Yvonne, ich fühle mich beschissen, wir können uns gerne ein anderes Mal unterhalten. Gerd, komm doch mal zu mir, wir haben etwas zu besprechen.«

Mit gesenktem Kopf und Blumenstrauß verschwand er nach unten. Es wurde ziemlich laut, und Yvonne hörte die Worte »Schweinehund«, »Schlampe« sowie »Untreue«.

Es reichte ihr und sie schloss die Wohnungstüre.

Als Gerd und Barbara endlich verschwunden waren, konnten sich Yvonne, Andy und die Mädchen auf den Weg zum KaDeWe machen. In dem Konsumtempel bekamen die Kinder Schokolade und Andy spendierte Yvonne ein Glas Champagner. Sie schlenderten durch die Stockwerke und taten so, als könnten sie sich alles leisten.

In der Damenabteilung wanderte Yvonnes Blick durch die Gänge, plötzlich erstarrte sie.

»Andy, halt mich fest, sonst begehe ich einen Mord. Da drüben ist Walter.«

»Vielleicht sieht er dich nicht?«

»Doch, er hat uns im Blick. Der Arsch kommt her, mit seiner Anna.«

Andy meinte beschwörend: »Was er auch macht, bleibe ruhig. Wir kriegen ihn schon.«

»Ich versuche es«, erwiderte Yvonne.

Ihr Ex kam mit einem verkrampften Lächeln auf sie zu. Er begrüßte sie herablassend und meinte, es sei seltsam, dass man Leute wie Yvonne ins Kaufhaus lasse.

»Walter, das ist eine böse Beleidigung, jeder darf bei uns in ein Kaufhaus. Übrigens, wo bleiben deine Zahlungen, wir warten?«

Doch Walter frotzelte weiter: »Die Kinder sehen heruntergekommen aus, und dies, obwohl du immer so gescheit tust und alles besser wissen willst.«

Aber Yvonne wehrte sich. »Du Pfeife konntest es nie leiden, wenn jemand klüger war als du. Wie hast du es in deinen Firmen gemacht, wohl die Hälfte der Beschäftigten hinausgeschmissen, weil deren IQ größer war als deiner?«

Anna wurde etwas hektisch. »Liebling, lass dich von so einer nicht provozieren, die kann uns mal.«

Andy drückte Yvonnes Hand ganz fest, dann trat er vor und meinte lässig: »Mr. Connell, ich bin der Freund Ihrer Ex-Partnerin, und auch wir sind an einer abschließenden Regelung betreffend die Kin-

der interessiert. Lassen Sie uns einen Termin ausmachen, vielleicht im November, das sind noch
vier Monate.«

»Ich stimme Ihrem Vorschlag zu«, entgegnete
Walter, ein Brief mit dem genauen Datum würde
Yvonne noch zugehen.

»Hat mich gefreut«, verabschiedete sich der Milliardär herablassend, und sie gingen weiter.

Yvonne zog es zurück zum Champagnerstand und
bestellte zwei Kelche.

»Er hat dich böse provoziert, warum?«

»Es gab damals öfters Streit, als er merkte, dass
ich erheblich mehr draufhatte als er. Das konnte
Herr Connell nicht verkraften, trotz oder gerade
wegen seiner acht Milliarden Dollar.«

Andy vervollständigte den Satz: »Und schnell
suchte er sich ein folgsames Vorzeigeweibchen,
blond, tolle Figur, attraktiv, welches er mit in die
Staaten nahm.«

Yvonne lachte und nippte an ihrem Glas.

»Vater war heute aber komisch«, bemerkte Betty,
die älter war. »Er hat Hanna und mich gar nicht
angesehen.«

Andys Blick hing auf Yvonne, dann deutete er
auf die Kinder und sagte: »Weißt du eigentlich,
dass beide Mädchen erbberechtigt sind? Auch nach
amerikanischem Recht.«

Aber, so meinte er weiter, man bräuchte Sicherheit in der Argumentation, hier könne ein Rechtsanwalt helfen.

Yvonne stimmte zu, und in der folgenden Woche suchten sie einen Spezialisten auf, die Sache kam ins Laufen.

Mehrere Nächte verbrachte Andy im Internet. Walter hatte seinen Ehrgeiz angestachelt, er wollte dem Kerl eins auswischen.

Nach einiger Suche fand er dessen Firmen und sammelte Informationen. Dann machte er eine interessante Entdeckung: Mr. Connell wollte in die Politik. Aber bei der Vorstellung seiner Familie waren Yvonne und die Kinder nicht aufgeführt, sondern nur Anna mit zwei Kids.

Walter, dachte Andy bei sich, *jetzt haben wir dich. Du hast einen schweren Fehler gemacht, und so jemand will Senator werden?*

Am nächsten Tag erzählte er Yvonne die Neuigkeiten.

Sie jubelte. »Das wird seine Niederlage, wir werden unserem Rechtanwalt davon berichten.«

»Und vor allem ist es ein Argument bei den schwierigen Verhandlungen wegen des Erbanteils der Kinder. Lass mich nur machen«, ergänzte er.

Die Expertise des Anwalts war teuer, Andreas musste seinen großen Kombi verkaufen, um das Honorar bezahlen zu können. Er fuhr jetzt ein kleineres und älteres Modell.

Aber Anfang September trat ein weiterer Verehrer von Yvonne in die Arena, es war Justus Schneider.

Er rief an, Andy nahm ab und der Mann wollte seine »wilde Löwin« sprechen.

Als Yvonne wieder von der Arbeit zurück war, fragte Andy nach dem Mann. Yvonne lenkte zunächst ab und wurde dann verlegen, schließlich rückte sie mit der Wahrheit heraus.

»Andy, ich gebe zu, Justus ist mein ausdrücklicher Heiratskandidat.«

Andy war betroffen, er wollte wissen, wie lange die Sache schon ging.

»Seit zwei Jahren, mit Unterbrechungen.«

»Und warum hast du das nicht schon eher gesagt?«

Yvonne erklärte, dass Justus ein Musiker der Berliner Philharmoniker war und vor drei Monaten eine feste Stelle bekommen hatte. So lange hätte sie warten wollen.

Doch Andreas blieb auf dem Boden, zeigte keine Wut und stellte lediglich fest, dass er unter diesen Umständen das Feld räumen würde.

»Mach langsam«, entgegnete Yvonne und erzählte von Justus' Frauengeschichten. Er war betreffend seine Liebschaften international, eine in Prag, die andere in Straßburg.

»Aber er ist dein Typ«, stellte Andy fest.

»Ja und nein«, antwortete Yvonne, Justus sei attraktiv und anziehend, ein toller Mann und erfolgreich. Aber leider war er nicht treu.

»Na, das wäre dann meine Chance, nämlich seine Untreue.« Andy brachte die Worte zynischer hervor als gewollt.

»Hast du ihn schon getroffen?«, fragte er weiter.

Yvonne senkte den Kopf. »Letzte Woche hat er mich ins *Adlon* eingeladen.«

Andy setzte sich, dachte einen Moment nach und meinte dann, dass er ihre Ehrlichkeit schätze. Sie habe ihn jetzt vor fast einem Jahr gerettet. Daher werde er die Angelegenheit mit Walter noch durchziehen, um sich zu revanchieren. Aber dann werde er gehen, Justus hätte offensichtlich die besseren Karten.

Yvonne wirkte ratlos, aber es war klar, dass sie bald eine Entscheidung treffen musste.

Am nächsten Tag war Yvonne wieder in der Buchhandlung. Kurz vor Feierabend tauchte noch ein Kunde auf, es war Justus. Ob sie Lust hätte, beim Italiener Essen zu gehen?

Yvonne mochte Pizza und Pasta und sagte freudestrahlend zu.

Sie rief bei Andy an und schwindelte ihm vor, eine Freundin wäre überraschend gekommen und es würde später werden.

Justus aalte sich in seiner Paraderolle, weltläufig, elegant und charmant. Yvonnes Bedenken schmolzen dahin wie Schnee in der Sonne, der Musiker bekam von ihr einen Kuss nach dem anderen. Der Chianti tat ein Übriges und zufällig gab es in der Nähe ein kleines Hotel, wo sie sich ein Zimmer mieteten.

Yvonne war von Justus hingerissen und genoss den Sex mit ihm in vollen Zügen.

Etwas plötzlich war die Show beendet, und ihr Schwarm stellte sich noch kurz unter die Dusche. Bei ihr ließ der Alkohol allmählich nach und die Ernüchterung setzte ein.

Entsetzt sprang sie aus dem Bett und warf dabei den Sakko von Justus auf den Boden. Ein paar Sachen fielen heraus, auch ein kleiner Kalender. Sie schaute sich seinen Terminplaner genauer an und ihr wurde schlecht, denn für morgen, um acht Uhr in der Frühe, war eine Linda eingetragen. Aha, daher der schnelle Aufbruch. Und für das Wochenende hatte er sich mit einer Michelle Bäumler in Potsdam verabredet.

So schnell war Yvonne noch nie nüchtern geworden. Zugegeben, Justus war toll, aber er hatte sich nicht geändert und sie war schon wieder auf diesen Kerl hereingefallen. Sie packte alles wieder in den Sakko.

Justus kam aus dem Bad und zog sich rasch an.

Giftig fuhr sie ihn an: »Du Heuchler, ich bin im Bett doch hoffentlich besser als Linda, die du morgen triffst?«

Justus lachte breit. »Natürlich bist du besser, weil du anschmiegsam, willig und pflegeleicht bist. Bei Linda muss ich mir mehr Mühe geben.«

»Was hast du eben gesagt? Bist du bescheuert? Hast du schon mal das Wort Liebe gehört?«

Justus grinste. »Yvonne, bleib auf dem Boden. Ich finde dich gut im Bett, aber sonst hat Linda mehr Format.«

»Du Scheißarsch, verpiss dich! Hau bloß ab!«

Ungerührt machte er Yvonne noch ein paar Komplimente, nannte sie seine »schöne Löwin«, und dann war er weg.

»Na warte, du Mistkerl!«

Derart gedemütigt suchte sie hastig in ihrer Tasche nach dem Messer, das sie immer dabeihatte.

Aber es war zu spät, Justus kam nicht wieder, um sich zu entschuldigen. Voller Wut schmetterte sie ein Wasserglas gegen die Wand und atmete tief durch. Langsam ging ihr Puls zurück. Kopfschüttelnd und von Selbstzweifeln ergriffen kleidete sie sich an und machte sich auf den Heimweg.

Andy saß vor seinem Computer und schaute sich verschiedene Gerichtsurteile über Erbstreitigkeiten an. Dann zeigte er Yvonne die Seiten von Walter mit dessen politischen Ambitionen. Bei der Präsentation seiner Familie kamen seine Ex und Hanna sowie Betty überhaupt nicht vor, damit wurde Walter politisch unglaubwürdig.

Andy wollte ihm das haargenau unter die Nase reiben, denn damit wäre seine Karriere als Senator so gut wie unmöglich.

»Übrigens«, sagte er mit Genugtuung, »ich rieche da etwas. Wie war es mit Justus? Er hat dich wieder rumgekriegt, habe ich Recht?«

Seine Vermieterin suchte nach Worten und holte tief Luft. »Ich habe mich verführen lassen und kurz danach alles bereut.«

»Oh, das freut mich aber, dass du mich nicht ganz vergessen hast.«

Er lachte laut, aber es fuhr ihm wie ein Schlag in den Magen. Doch äußerlich ließ er sich nichts anmerken, das machten die Erfahrungen, die er in seiner Krise gesammelt hatte. Es war nicht immer gut, die eigenen Emotionen seiner Umgebung unmittelbar mitzuteilen.

Yvonne schaute ihn fragend an. »Willst du dich jetzt besaufen oder mich verprügeln?«

»Du bist ein Scherzkeks, natürlich nichts von beiden. Ich besitze ja schließlich Verstand.«

»Ich weiß etwas Schönes«, blinzelte sie ihn an und öffnete die Tür zu ihrem Schlafzimmer.

Dabei setzte die durchaus attraktive Mutti eine verführerische Miene auf.

Andy zögerte und schlug dann vor, in etwa drei Wochen könne man das gerne machen, aber vorerst nicht. Denn sie kenne ja das Wort »Schwangerschaft«, vielleicht von Justus? Und ein Kind wolle er sich nicht unterschieben lassen.

Ihm wurde langsam klar, dass Yvonne zwei Gesichter hatte, einmal als fröhliche intelligente Frau, aber auch, wenn sie ihre Schwäche gegenüber gutaussehenden Angebern offenlegte, wie damals bei Walter. Hatte sie denn nichts daraus gelernt?

Das war zwar ihr Problem, doch er entschloss sich, zu einem späteren Zeitpunkt etwas dazu zu sagen.

Einige Tage waren vergangen, die vier lebten nach wie vor zusammen, und Andy verhielt sich so, als sei die Sache mit Justus erledigt.

Rechtzeitig zu Anfang November war die Expertise des Anwalts fertiggestellt. Der Sachverhalt war eindeutig zum Vorteil der Kinder geregelt, es gab keine juristischen Probleme. Wenn alles stimmte, und davon ging Andy aus, gab es bald zwei Multimillionäre mehr in Berlin, und das waren Hanna und Betty. Yvonne hatte als Erziehungsberechtigte ein Zugriffsrecht auf das Geld.

Sie arbeitete nach wie vor in der Buchhandlung, aber Herr Lorenzo, der Eigentümer, hatte Yvonne mehrmals gefragt, ob sie das Geschäft übernehmen wolle. Andy riet ihr, etwas auf Zeit zu spielen, denn mit Walters Millionen wäre der Erwerb problemlos möglich.

Seit dem Bettabenteuer mit Justus hatte sich Yvonne ab und zu übergeben müssen, also war sie schwanger geworden.

»Der Kerl hat dir ein Kind gemacht, kann das sein? Denn ich war es nicht.« Andy wirkte etwas verärgert.

Yvonne suchte nach Worten, nach einer Antwort, blieb schließlich bei der Wahrheit.

»Ja, so ist es. Ich war damals erkältet und habe Penicillin genommen, daher blieb die Pille ohne Wirkung. Aber ich möchte das Kind nicht abtreiben.«

Andy versuchte sichtlich, ruhig zu bleiben und schlug vor, dass sie es dem Kerl sagen müsse.

Yvonne lachte und meinte nur: »Der Casanova weiß nichts davon und ich werde es ihm auch nicht mitteilen. Er ist ein Vagabund und Verführer, ein unglaublicher Egoist. Dem Kind werde ich es natürlich sagen, wenn es älter ist.«

Sie dachte nach und stimmte Andy schließlich zu, dass sie auch Julius irgendwann davon erzählen müsse.

Ihr Untermieter schwieg zunächst, doch dann brach es aus ihm heraus: »Meine Liebe, gerne hätte ich mich um Hanna und Betty gekümmert, da liegt der Fall anders. Aber wenn Justus ein Kind in die Welt setzt, soll er sich gefälligst auch darum kümmern. Es tut mir leid, aber das Kind in deinem Bauch ist nicht meine Angelegenheit, die Demütigung ist zu groß gewesen. Wieder bist du auf einen Angeber hereingefallen, wie damals bei Walter. Hast du denn nichts daraus gelernt?«

Yvonne starrte aus dem Fenster. »Das frage ich mich auch, aber gut, dass du es gesagt hast. Komm, wir schauen uns die Expertise nochmals an.«

Dann wandte sie sich um und sah ihm in die Augen. »Ich akzeptiere deine Entscheidung, Andy.«

Nach zwei weiteren Wochen war der Termin mit Walter und seinem Rechtsanwalt. Am Abend vorher saßen Andy und Yvonne beisammen, er hatte von ihr die Verhandlungsvollmacht erhalten.

»Du sagst keinen Ton und lässt mich machen, okay?«

Yvonne nickte und schwor, sich nicht provozieren zu lassen.

Andy meinte, sie solle sich Walter in Unterhosen vorstellen, und Yvonne lachte.

Genau dieses Verhalten sei richtig, das würde den Gegner verunsichern, meinte ihr Untermieter.

Die beiden Parteien trafen sich am nächsten Tag in einem Grandhotel. Walter hatte seinen Rechtsanwalt dabei und verlangte von Yvonne sofort die Unterschrift auf verschiedenen Formularen. Andy konterte, indem er seine Verhandlungsvollmacht vorlegte.

Der Milliardär wurde ungehalten, aber Yvonne strahlte ihn an, als sei er der Weihnachtsmann. Der Industrieelle ahnte Schlimmes, denn Andy legte in aller Ruhe seine Expertise vor und übergab die Papiere Walters Rechtsanwalt. Damit wären alle Fragen und Problem beantwortet, fügte Andy hinzu, außerdem sei die Rechtslage vollkommen klar und der Konflikt sei zweifelfrei im Sinne der Kinder gelöst. Das bedeutete die Auszahlung von großen Geldsummen an Betty und Hanna.

Der Rechtsanwalt machte ein verzweifeltes Gesicht, und Walter wollte einfach davonlaufen. Aber sein Advokat zog ihn wieder in den Sessel zurück.

»Bezüglich Ihrer politischen Ambitionen, Mr. Connell, sehe ich einige Probleme.« Andy bestellte sich in Ruhe einen Kaffee.

»Wieso?«, fragte Walter.

»Nun, auf Ihrer Homepage in den USA sind Yvonne und die Kinder nicht aufgeführt, Sie wollen die drei einfach verschweigen. Damit werden Sie unglaubwürdig und angreifbar.«

»Wollen Sie mich erpressen?«

»Nein, um Gottes Willen, das macht dann Ihr politischer Gegner. Der Ausweg aus dieser Situation ist die Anerkennung der Kinder, dann kann Ihnen niemand etwas vorwerfen.«

Der Milliardär sprang aus dem Sessel und eilte hinüber zur Bar. Walters Rechtsanwalt lächelte Andy an und meinte, seine Argumentation sei bestechend und er werde Herrn Connell raten, die Expertise anzuerkennen.

Nach einer halben Stunde kam der Industrielle zurück und akzeptierte Andys Vorschläge sowie das Gutachten.

»Ich brauche sofort einen Whisky mit Eis!« Andy atmete tief durch und freute sich.

»Willst du einen Kuss?«, wurde er von ihr gefragt.

»Einen langen Hollywoodkuss auf den Mund, aber nur den einen.«

Andy genoss das Knutschen, er wollte aber betreffend Yvonne nicht rückfällig werden.

Sie schaute ihm ganz tief in die Augen. »Du bist unser Lebensretter«, hauchte sie.

»Vor einem Jahr hast du mich gerettet, das war ich dir schuldig.«

»Du kannst bleiben, wenn du willst«, meinte sie.

»Meine Liebe, da fällt mir jetzt dein Justus ein und dass du wieder schwach werden wirst. Kann das sein?«

Yvonne schaute auf den Boden und nickte. »Ich werde ihm doch von dem gemeinsamen Kind erzählen. Mal sehen, wie er reagiert.«

»Ja, das ist gut, aber sage ihm auf keinen Fall et-was von deinem vielen Geld, der Kerl würde dich sonst ausnehmen wie eine Weihnachtsgans.«

Yvonne lachte. »Nein, Liebe hin, Leidenschaft her, von den Millionen wird Justus keinen Ton hö-ren, das ist sicher.«

Schon nach zwei Monaten kamen die ersten Geld-summen aufs Konto, inklusive der Alimente für Betty und Hanna, und Yvonne überwies Andy eine Woche darauf einen hohen Betrag.

Danach erwarb sie die Buchhandlung von Herrn Lorenzo, und ihr Untermieter fand bald einen gut bezahlten Job in der Nähe von Dresden.

Die Exfrau wohnte in Halle, und mit einem schnellen Auto konnte er ab und zu seine Kinder besuchen.

Keinem fiel der Abschied leicht, aber die Wege trennten sich.

Nach weiteren sieben Monaten brachte Yvonne eine Tochter zur Welt und nannte sie Natalie. Die frischgebackene Mutti hielt die Augen offen, fand aber keinen Partner. Es war klar, mit drei unehe-lichen Kindern wollte sich kein Mann belasten.

Ab und zu rief Andy an. »Hallo, was machen die Kids und die engagierte Mutti?«

»Danke der Nachfrage, allen geht es gut und Na-talie wächst und gedeiht. Auch die Buchhandlung ist ein Glückstreffer.«

»Bitte entschuldige die Frage, aber weiß Justus inzwischen von seinem Kind?«

»Ja, ich habe es ihm gesagt, aber er verschwand blitzschnell und ward nie mehr gesehen.«

Andy erzählte, dass er seine beiden Söhne öfters besuche. Und seine Frau hätte einen neuen Partner und einen Arbeitsplatz gefunden, so dass er ihr nichts mehr bezahlen müsse.

Yvonne erwiderte, das seien gute Nachrichten, und Andy solle doch mal wieder nach Berlin kommen, für ihn stünde die Türe immer offen.

»Klar, warum nicht«, antwortete er, beide warfen sich ein Küsschen durchs Telefon zu und sie verabschiedeten sich.

Später brachte Yvonne ihre Natalie in eine Gruppe mit Kleinkindern, wo sie einige Mütter kennengelernt hatte, denn Gesprächsstoff gab es genug.

Wieder wurde sie von ihrem ehemaligen Untermieter angerufen, und als er ein paar Tage später in Berlin war, kam er zu Besuch. Yvonne hieß ihn willkommen und hatte sein Leibgericht gekocht. Hanna und Betty freuten sich riesig und es herrschte eine gute Stimmung.

Andy stellte dann auch fest: »Ich gebe zu, dass ich euch vermisst habe. Wir waren damals ein gutes Team.«

»Ja, das sehe ich genauso«, bestätigte Yvonne und holte Natalie.

Andy und die Kleine schauten sich an, er machte ein paar Späße, Natalie fand das offensichtlich gut und lachte mit.

Bis sich Andy an Yvonne wandte: »Yvonne, ich hoffe, ich finde die richtigen Worte. Also, wenn irgendwann mal ein gutaussehender Bundestags-abgeordneter in deine Buchhandlung kommt, so ein Mann wie Justus, will ich nicht, dass du nach einer Woche von ihm schwanger bist. Hast du diese Schwäche oder besser gesagt, deinen ›rosaroten‹ Traum in den Griff bekommen? Es geht dabei um deinen sozialen Aufstieg, den du gerne hättest, ein-fach um eine hohe gesellschaftliche Position. Durch die Millionen von Walter bist du ja jetzt, hier in Berlin, bei den oberen fünfhundert dabei, mehr geht praktisch nicht. Außerdem bist du Unterneh-merin. Hast du das verstanden?«

Yvonne war nachdenklich geworden und nickte.

»Hallo, Herr Professor, deine Ausführungen sind richtig. Ja, ich bin sozial ziemlich weit oben, wo ich immer hinwollte. Leider ohne Studium, trotzdem gehöre ich zur Elite.«

»Gut, wir sind uns einig. Daher lässt du bitte das Fremdgehen sein, sonst trennen sich unsere Wege. Also, ihr vier, ich wäre bereit, es nochmals mit uns zu probieren. Eine Probezeit von zwei Jahren wäre okay, und dann sehen wir weiter.«

»Ich bin einverstanden«, sagte Yvonne und gab ihm einen gefühlvollen Kuss.

»Schön, dass du wieder da bist«, hauchte sie ihm noch ins Ohr.

Diskussion der Genetiker

Es wurde höchste Zeit. Sie hatten diesen Termin lange vor sich hergeschoben, keiner wollte sich den Fragen stellen.

Helen Douglas, die Institutsleiterin, legte schließlich den Termin fest.

Nun saßen Helen, Peter, Will und Susan in der Runde zusammen. Sie waren die führenden Forscher und Ärzte des Instituts.

»Wir müssen heute zu einer abschließenden Entscheidung in der Angelegenheit John Glenn kommen«, eröffnete Helen. »Wir alle wissen, um was es geht, nämlich um ein sehr langes Leben.«

Peter warf ein: »Wir alle haben Mr. Glenn viel zu verdanken. Er hat das Institut seit dreißig Jahren sehr großzügig unterstützt. Ohne sein Geld wären unsere Ergebnisse und die Entwicklung des Mittels nicht möglich gewesen.«

»Das ist richtig«, stimmte Will zu. »Aber ganz uneigennützig hat er es nicht getan.«

»Ja, sicher«, gab ihm Peter Recht. »Er hat von Anfang an dargelegt, was er will. Helen kann das bestätigen. Er sagte vor fünfzehn Jahren, dass er uns unterstützt, um Fortschritte für die Menschheit zu erzielen. Und auch für sich selber.«

»Jetzt sind wir soweit und Mr. Glenn ist achtundsechzig Jahre alt. Bringt es ihm noch etwas?«, fragte Susan.

»Ich glaube schon«, antwortete Helen. »Es ist ein

Unterschied, ob du, sagen wir, vierundachtzig wirst oder eintausendvierundachtzig.«

»Für einen Menschen eine sehr lange Zeit«, stellte Susan fest.

»Aber für die Evolution oder in kosmischen Maßstäben eine verschwindend kurze Zeitspanne«, kommentierte Helen.

Susan fragte, ob der Mann dieser Sache überhaupt gewachsen sei. Die seelischen und psychologischen Belastungen wären enorm.

»Er hat sich lange darauf vorbereitet und immer daran geglaubt, dass eine Lebensverlängerung möglich sein würde.« Helen stellte das in Ruhe fest. »Er muss wissen, dass er trotz der Sicherheit unserer Erkenntnisse ein biologisches und vor allem ein soziales Experiment darstellt. So einfach ist es für ihn nicht.«

»Man braucht damit ja nicht an die Öffentlichkeit zu gehen«, schlug Susan vor.

Helen stand auf und blickte angestrengt in die Runde.

»Die Politik redet von Ethik und von der Gleichheit aller Menschen. Wir Genetiker wissen, dass es nicht ganz so zutrifft, denn die Menschen sind verschieden, zum Beispiel in ihren Begabungen. Die Öffentlichkeit stellt sich noch gegen genetische Eingriffe, zumindest ist sie noch unentschlossen.«

»Aber wenn wir einem Menschen diese Chance geben, müssten wir dies eigentlich für alle tun«, sagte Will.

»Für alle?« Susan war nicht überzeugt.

»Zumindest für diejenigen, die es wollen.«

Helen konstatierte, solange die Menschen jung seien, dächte keiner ans Alter.

»Und wenn man alt ist, hat man meistens genug vom Leben«, warf Peter ein.

»Auch wenn man allen die Chance gäbe, würden nur wenige sie nutzen. Dieser Lernprozess, eine Bewusstseinsänderung in Richtung auf ein sehr langes Leben, würde sich über ein bis zwei Generationen hinziehen«, vermutete Helen.

»Weißt du, wenn man älter wird, kennt man das Leben besser und hängt zunehmend daran. Weil man auch mit sich selber besser zurechtkommt.«

»Susan hat Recht, je mehr Lebenserfahrungen jemand sammeln konnte, umso besser wird er auch mit dem sozialen Phänomen eines langen Lebens zurechtkommen.«

Peter meinte: »Das gibt es ja schon für manche Gesellschaften, zum Beispiel in Japan.«

»Aber nicht für jeden«, erwiderte Will. »Und nicht so lange.«

Helen beugte sich vor und fing die Blicke der anderen ein. »Versteht ihr, meiner Ansicht nach wird es große gesellschaftliche Veränderungen geben, eine Innovation des Gesellschaftssystems.«

Sie wandte sich um und ging ein paar Schritte auf und ab.

»Sprich weiter«, bat Will.

Helen setzte sich wieder auf ihren Platz. »Ein Leben von zirka eintausend Jahren bedeutet zum Beispiel achthundert Jahre Arbeit. Die Frauen könnten mit zweihundert Jahren noch Kinder bekommen, weil sie länger jung bleiben.«

Peter warf ein: »Darin sehe ich kein Problem. Wir arbeiten heute, anders als vor dreißig Jahren, zunehmend projektbezogen und ziehen nach Beendigung der Arbeiten einfach weiter, wechseln zum nächsten Arbeitgeber. Diese Situation bleibt bestehen, sie dauert nur länger. Eben zirka achthundert Jahre.«

Susan äußerte: »Aber stell dir vor, was für ein umfangreiches Wissen und wie viel Erfahrungen jemand sammeln kann. Die meisten werden hochqualifiziert und manch einer ein Genie werden.«

Helen lachte. »Und jeder wird im Laufe der Zeit an einem langen Leben hängen, keiner wird sich hoffentlich mehr auf Kriege einlassen wollen, wer verliert schon gerne tausend Jahre?«

»Vermutlich läuft die Sache anders«, meldete sich Peter. »Was meint ihr, wollen die Leute tausend Jahre lang arm sein?«

»Da weiß ich eine Antwort«, ereiferte sich Susan. »Bei tausend Jahren hast du mehr Möglichkeiten, dich emporzuarbeiten. Man hat eine sehr lange berufliche Perspektive.«

»In Amerika ist heute das Arbeiten bis kurz vor siebzig schon normal«, erwiderte Peter. »Vor einhundert Jahren erreichten dieses Alter nur ganz wenige.«

Will meldete sich. »Die Ungleichheiten in materieller und intellektueller Hinsicht können wir nicht beseitigen.«

Peter fuhr fort: »Ja, sicher, wir können nur die Chancen erhöhen, sich im Laufe eines langen Lebens etwas zu erarbeiten. Ob derjenige dann auch diese Chancen nutzt, bleibt ihm selber überlassen.«

»Übrigens«, sagte Helen, »viele Menschen sterben durch Autounfälle. Andere verunglücken beim Schifahren oder Tauchen. Und Flugzeuge stürzen ab. Das persönliche Dasein wird so unsicher sein wie bisher. Aber wir haben noch ein Problem, ein großes: Welchen Preis sollen die tausend Jahre haben?«

Alle schwiegen etwas ratlos, bis Susan einwarf, dass Mr. Glenn sehr viel Geld gegeben hätte.

»Nein, nein, ich meine jetzt ganz allgemein«, meldete sich Helen erneut. »Versteht ihr, wenn ihr diese Lebenszeit allen Menschen gewähren wollt, also den Reichen wie auch den Armen, dürfen die Kosten nicht zu hoch sein. Jeder, der diese Jahre will, soll sie sich auch leisten können.«

Susan blieb skeptisch. »Was kostet eine Herzoperation? Der Patient bekommt ein zweites Leben, wie viel?«

»Sagen wir, ungefähr einhundertfünfzigtausend Dollar.«

»Peter, es ist zu viel, das können sich viele nicht leisten. Dann leben die Reichen sehr lange und die Armen sterben.«

Die anderen stimmten zu.

»Also zu teuer«, sagte Helen. »Gut, dann soll es ablaufen wie eine Impfung. Die kann der Staat bezahlen oder die Krankenkassen. Der Interessent meldet sich, wird untersucht und bekommt die Injektionen. Die Sache muss jeder mit sich selbst ausmachen. Und mit seinem Partner sowie seiner Familie. Vielleicht muss man doch etwas bezahlen, vielleicht fünfhundert Dollar? Die Kosten für das Mittel sind beträchtlich.«

Helen schaute in die Runde. »Das Ganze erscheint jetzt noch ungewöhnlich, nahezu absurd. Aber ich bin überzeugt, es wird so kommen.«

Die anderen nickten, und Helen fuhr fort: »Also gut, was machen wir mit Mister Glenn? Mein Vorschlag: Wir werden ihn ins Institut bitten und unter dem Siegel der Verschwiegenheit informieren, dass es so weit ist. Wir werden ihn eine Zeitlang hierbehalten und ihn eingehend überwachen. Wir sind seine Ansprechpartner für, sagen wir, die nächsten fünfzehn Jahre. Er muss sich auf uns verlassen können.«

»Was sollen wir ihm hinsichtlich des Mittels sagen?« Will war dem Anschein nach noch unschlüssig.

Helen dachte einen Moment nach.

»Nun, bleiben wir bei der Biochemie. Der menschliche Körper besteht aus hunderten von Millionen spezialisierter Zellen. Aber die leben nicht lange, sondern werden ständig erneuert, genauer gesagt, es werden Kopien gezogen. Wenn man jung ist, sind diese Kopien noch fehlerfrei, aber im Alter schleichen sich Defekte bei der Reproduktion ein. Unser Mittel verhindert diese Fehler und die Kopien sind einwandfrei, so, als wäre man weiterhin zwanzig. Und es bleibt so für ungefähr eintausend Jahre.«

Will meinte, diese Informationen würden Mr. Glenn sicher genügen.

Peter sagte noch, der Mann sei intelligent und wolle das Ungeheure wagen. Die Risiken, zum Beispiel eine Gegenbewegung in der Gesellschaft, wären ihm bekannt.

Helen fasste das Gespräch zusammen: »In Ordnung, alle sind sich einig. In nächster Zeit werde ich John Glenn ins Institut bitten. Wir werden ihm den Wunsch erfüllen.«

Neulich in Hollywood

An der Ostküste der Vereinigten Staaten lag eine Kleinstadt wie viele andere auch. Die Menschen dort kannten einander, liebten oder hassten sich, je nachdem.

Laura und Fred waren ein Paar, Jim und Mary gehörten ebenfalls zusammen und man traf sich nach der Arbeit regelmäßig in der Bar. Es waren vor allem Fischer und Büroangestellte, die das Lokal besuchten.

Jim versuchte sich als Drehbuchschreiber und wollte in Hollywood groß herauskommen. Aber es war schwer, er hatte bisher noch keinen Erfolg gehabt. Auch Mary bereitete ihm Sorgen, weil sie die Kleinstadt verlassen wollte. Laura und Fred versuchten, die beiden zusammenzuhalten und unterstützten Jim.

Als die drei eines Abends in die Bar kamen und sich einen Platz suchten, wurden sie von einigen Männern, es waren Kumpels von Jim, begrüßt. Einer rief ungeniert, dass er gerne Sex mit Mary haben wollte, sie sei ja so scharf.

»Was fällt dir ein«, schrie Laura zurück und warf Bierdeckel nach dem Typ.

»Ja, Entschuldigung, es war nicht so gemeint«, sagte ein anderer.

Der Mann mit seiner Sexbemerkung stellte fest, nun, es ginge zwar niemanden etwas an, aber Jim solle besser die Hände von Mary lassen, die sei nicht gut genug für ihn. Und das mit den Bettabenteuern würde stimmen.

»Okay, gut, wir haben es gehört«, sagte Laura und schaute böse in die Runde.

Jim, der sich mittlerweile auf einen Stuhl in der hintersten Kneipenecke niedergelassen hatte, wirkte verzweifelt und hilflos. Laura wusste, er war eher ein introvertierter Typ und nicht von der harten Sorte.

»Seit wann macht Mary das?«, wandte sich Jim an die Männer, und einer gab zurück:

»Jim, wir wollen keinen Ärger mit dir, du bist unser Freund. Aber seit ungefähr zwei Monaten springt sie von Bett zu Bett.«

Der Gehörnte bestellte sich eine Flasche Whiskey und schüttete das Zeug hinunter, aber Laura redete beruhigend auf ihn ein, Fred unterstützte sie.

Plötzlich ging die Türe auf und Mary kam herein, zwei Kerle begleiteten sie. Alle drei waren angetrunken.

»Hallo, Leute! Oh, Jim, du bist ja auch da!« Sie schwankte. »Ich will euch Adieu sagen, denn ich gehe nach New York. Jim, für dich tut es mir ja so leid.«

Er war erstarrt. »Mary, bleib doch, wir kriegen das wieder hin, ich liebe dich wirklich.«

Die Männer an der Bar blickten betreten beiseite und bestellten sich noch einen Whiskey.

»Jim«, plapperte Mary weiter, »du kleiner Angeber, die zwei hier sind echte Kerle, wenn du verstehst, was ich meine. Nicht, dass es mit dir schlecht war, aber du hast keine Chance, vergiss mich. Mit dir und Hollywood wird es nie etwas werden, du Niete, du Null.«

Die Gruppe an der Theke wandte sich grimmig um, einer meinte: »Hau ab, Mary, verpiss dich nach New York. Jim ist unser Kumpel, also auf Nimmerwiedersehen.«

Um nachzuhelfen, holte sich einer den Baseballschläger unter der Theke hervor, die Männer näherten sich den Neuankömmlingen und deuteten auf die Ausgangstüre.

Rasch verschwanden die drei.

Jim sah jetzt ganz schlecht aus, er zitterte, atmete heftig und klappte dann zusammen.

Laura und Fred rannten zu ihm hin, sie fühlte ihm den Puls.

»Verdammt, er braucht dringend einen Arzt, schnell. Diese Schlampe hat ihn fertiggemacht.«

Sie blieben bei Jim, bis der Arzt kam.

Im Krankenhaus stellte man fest, dass er einen leichten Schlaganfall gehabt hatte und seine Psyche erkrankt war.

Er brauchte vorerst einen Rollstuhl, also nahm sich Laura vor, sich zusammen mit Fred um den Freund zu kümmern, so gut sie konnten. In der Kleinstadt hielt man zusammen und gegenüber Fremden schwieg man über die ganze Sache.

*

Los Angeles, Hollywood. In einem großen Büro saß der weltbekannte Star Sue Allen. Sie war Anfang vierzig, groß, schlank und attraktiv.

Sue blätterte in einigen Unterlagen, man konnte es drehen und wenden wie man wollte, aber ihre letzten beiden Abenteuerfilme waren keine großen Erfolge gewesen. Trotz positiver Marktanalysen und einem guten Regisseur waren die Produktionen nach zwei Wochen nicht mehr in den Kinos, nur in Europa liefen sie länger.

Ihr Berater Henry Green, einer der großen Strippenzieher in Hollywood, kam herein und setzte sich.

»Sue, wir brauchen endlich wieder ein gutes Projekt. Vielleicht einen tollen Katastrophenfilm, einen Blockbuster.« Er rutschte unruhig auf dem Stuhl hin und her. »Ich wollte es dir eigentlich nicht mitteilen, aber von deinen zig Millionen ist nicht mehr viel übrig. Deine Mietshäuser sind gut belegt, müssen aber dringend saniert werden. Und dein endlich geschiedener Ehemann, dem du auch noch Unterhalt bezahlen musst, hat dich dazu einen Batzen Geld gekostet. Meine Liebe, wir brauchen dringend einen Erfolgsfilm. Bitte denke darüber nach.«

Er stand auf und verließ das Büro.

Sue verharrte noch einen Augenblick, dann rief sie nach ihrer Assistentin, die sogleich hereinkam.

»Jessy, wir haben ein paar Probleme.«

Die Angesprochene nickte. »Wenn Henry persönlich kommt, dann hat man große Probleme.«

Vorsichtig fragte Sue: »Sind wir pleite?«

Jessy holte tief Luft. »Du hast noch zirka dreißig Millionen, für Hollywood ist das so gut wie nichts.«

»Bitte bring mir einen Whiskey.«

»Du bekommst einen Kaffee und deine Post. Übrigens, kaum zu glauben, seit einer Woche liegt ein gutes Drehbuch auf meinem Schreibtisch.«

»Davon weiß ich gar nichts, los, erzähle.«

»Ich will nicht übertreiben, aber es ist das Beste, was bisher angeboten wurde.«

»Kaum zu fassen, scheinbar geschehen noch Wunder.«

Jessy brachte die Mappe und Sue studierte konzentriert jede Seite. Dann rief sie erneut ihre Assistentin herein.

»Sag mir, denken wir dasselbe über das Skript? Von einem gewissen Jim Hunter aus Connecticut.«

»Ja, ich denke, die Idee ist ziemlich genial. Man muss hier und da etwas verändern, mehr auf deine Person fokussieren. Aber der Streifen wird ein Riesenerfolg, kein Zweifel. Gehe persönlich hin und gib ihm den Auftrag, das wird Jim motivieren.«

»Schon klar, ich werde wieder selber produzieren.«

»Langsam, ohne gutes Filmkonzept gibt es kein Geld.«

»Dann werde ich wieder Dollars auftreiben müssen, wie zu meinen Anfängen.«

Jessy machte ein ernstes Gesicht. »Noch ist es nicht so weit. Henry Green, Mark Spencer und die Studios setzen auf dich. Bring auf jeden Fall dieses überarbeitete Drehbuch.«

Probehalber versuchte Sue, selbst Geld zu organisieren. Sie kontaktierte Firmen, Regisseure und Schauspielerkollegen und schilderte in groben Zügen das Projekt, aber ohne Erfolg.

Sie seufzte und holte schließlich die Nummer von Vince Brown heraus. Wenn nichts mehr ging, musste er einspringen, aber sie kannte seine Bedingungen. Er war gleich am Telefon.

»Hallo, Vince, wie geht es dir?«

»Sue, bist du immer noch so schön wie vor einem Jahr, als wir uns das letzte Mal trafen?«

»Vince, auf jeden Fall, ich werde dich nicht enttäuschen.«

»Und wie viele Dollars brauchst du dieses Mal?«

»Ja, wenn es gut läuft, zirka achtzig Millionen, recht kurzfristig.«

»Ganz so schnell geht es nicht. Aber du bist ehrlich, man kann sich auf dich verlassen. In drei Wochen ist der Betrag auf deinem Konto und ich will von dir neunzig Millionen zurück. Dazu eine kleine Zuwendung von deiner Seite …«

»Ja, Vince, ich weiß, mit mir als deiner Geliebten für ein Wochenende in Mexiko.«

»Ja, daran hat sich nichts geändert. Sue, warum heiratest du mich nicht? Wir sind uns in vielem ähnlich.«

Sie musste nachdenken, er hatte nicht Unrecht.

»Mein attraktiver Restaurantkönig, wie viele Lokale besitzt du?«

»In Nord- und Südamerika zusammen etwa vierhundert Geschäfte.«

»Weißt du, vielleicht ziehen sich Gegensätze doch mehr an als zwei Gleichgesinnte. Aber ich werde über dein Angebot nachdenken.«

Sue atmete auf. Vince war steinreich, aber trotzdem in Ordnung. Er nahm kein Rauschgift, trank nicht zu viel Alkohol und ging Kriminellen aus dem Weg. Und das lange Wochenende mit ihm im Bett konnte man sogar genießen.

»Also, mein Lebensretter, wir sehen uns, Mexiko ist im Herbst auch schön.«

»Sue, du bestimmst den Zeitpunkt, wann wir verreisen. Pass auf dich auf.«

»Bye, Vince, ich werde mich melden.«

Gut, dachte Sue, die Sache begann zu laufen.

Einige Tage später ging es mit einem Flugzeug zunächst nach Boston und dann weiter mit einem Limousinen-Service zu der Kleinstadt am Atlantik.

»Wo lebt denn der Kerl, wie heißt das Dorf?«

Der Chauffeur antwortete: »Der Ort heißt Mystik, die haben einen großen Hafen, viele Schiffe und Hummer.«

»Okay, warum auch nicht?«, meinte Sue trocken.

Sie erreichten die Kleinstadt, und Sue rief mit ihrem Handy Jims Nummer an.

Eine Frau namens Laura meldete sich, und Sue erklärte, dass sie von Jim ein Skript vorliegen habe, aber es müsse noch umgeschrieben werden, also eine Menge Arbeit. Laura klang besorgt, aber Jim sei in seiner Wohnung und sie solle vorbeikommen, am besten gleich.

»Okay«, meinte Sue.

Der Autor wohnte in einem älteren, aber gepflegten Haus und zwar ganz oben. Sue klingelte an der Tür und eine Frau machte auf.

»Sie sind …«, stammelte die Frau, »der große Hollywoodstar? So eine Überraschung. Kommen Sie rein. Ich heiße Laura und kümmere mich um Jim.«

»Schön, ich bin Sue.«

Sie gingen nach oben.

»Es gibt ein paar Probleme mit ihm.«

»Warum, was ist passiert?«, fragte Sue.

»Unser gemeinsamer Freund sitzt seit einem Monat im Rollstuhl. Er hatte einen leichten Schlaganfall und seine Psyche erlitt ein Trauma.«

Sue war entsetzt. »Verdammt, Jim ist jung, was ist passiert?«

»Er wurde von seiner Freundin vor dem ganzen Ort lächerlich gemacht und es gab hässliche Szenen in der Bar. Er hat das irgendwie nicht verkraften können.«

Sue war ratlos.

»Was wollen Sie von Jim?«, fragte Laura.

»Also, er schickte mir ein Drehbuch zu und ich wollte jetzt, dass wir zusammen darüber nachdenken und es etwas verändern. Seine Geschichte ist sehr gut und ich zahle eine ordentliche Summe.«

»Sue, Jim kann nicht arbeiten, aber er wird sich trotzdem freuen, dass Sie da sind.«

Die beiden Frauen gingen in ein großes Zimmer,

dort saß der Mann in einem Rollstuhl und wirkte geistesabwesend.

»Jim, du hast einen Gast aus Hollywood.«

»Machst du einen Witz, Laura?«, entgegnete er.

»Nein, Sue Allen ist hier.«

Jim drehte sich mit dem Rollstuhl um, sah seinen Besuch an und stotterte: »Ah … aha, ganz toll, es … es freut mich riesig, dass Sie da sind. Wie finden Sie meine Geschichte?«

»Jim, reg dich bitte nicht so auf.«

»Schon gut, Laura.«

Sue setzte sich auf einen Stuhl. »Also, Ihre Ideen sind großartig, wir müssen nur etwas daran herumfeilen, Sie verstehen?«

Jim wurde immer aufgeregter. »Kein Problem, keine Schwierigkeit, in drei Wochen ist das Skript fertig.«

Plötzlich schwieg er und war scheinbar geistesabwesend.

»Jim, ist alles okay?«, fragte Sue.

»Er hat sich aufgeregt, das ist nicht gut für ihn«, warf Laura ein. »Besser, Sie gehen wieder, es hat keinen Zweck.«

Sue kniete sich neben den Rollstuhl und betrachtete ihn genauer. Er war ein gutaussehender Mann Ende zwanzig, Anfang dreißig, mit blonden Haaren.

»Es geht schon, Laura, ich werde es schaffen«, sagte er leise.

»Nun gut, Jim, ich glaube es nicht, aber wenn du willst.«

Er fuhr mit seinem Rollstuhl ins Wohnzimmer und sagte wie nebenbei: »Sue kann hier übernachten, wenn sie möchte, auf dem Sofa.«

Sue musste lächeln. »Langsam, ich habe ein Hotelzimmer. Wenn wir uns besser kennen, kann ich vielleicht hier schlafen. Ich könnte Laura bei Ihrer Pflege helfen und später sogar ablösen.«

Die beiden Frauen gingen in die Küche und Laura erklärte alles, was zu machen war, also putzen, kochen, Bad, Toilette, einkaufen, die Medikamente.

Sue bekam große Augen, nickte dann aber und sagte: »Okay, einverstanden.«

Sie reichte Laura die Hand, die sie freudig ergriff.

»Also gut, der Deal ist perfekt, ich lerne dich ein.«

Sie zeigte Sue noch die Wohnung und wo alles war. Dann ging sie los, um die Neuigkeiten in der Bar zu erzählen, wie sie Sue wissen ließ.

Sue atmete tief durch und verabschiedete sich von Jim, um am nächsten Morgen gleich wieder bei ihm sein zu können.

Nach mehreren Tagen Einarbeitung schob Sue Jim mit seinem Rollstuhl gekonnt durch die Wohnung.

»Wo hast du das gelernt?«, fragte er.

»Ich habe ein Jahr lang meinen kranken Vater gepflegt, bevor er starb. Auch er war im Rollstuhl.«

Sie schob Jim an die Toilette, hob ihn auf die Schüssel und fragte, ob er den Rest selbst machen könne oder ob Hilfe nötig sei.

Nein, es würde schon gehen, antwortete er.

Nach ein paar Minuten rief er, und sie hob ihn

wieder in den Rollstuhl. Sue machte noch etwas zu essen und brachte ihn dann zu Bett.

Am nächsten Morgen, nach dem Frühstück, kam Fred vorbei. Ja, heute sei Jims Ausgehtag. Er wollte immer in die Bar an der Anlegestelle, es war seine Stammkneipe.

»Gut, kein Problem«, antwortete Sue, und gemeinsam trugen sie Jim die Treppen hinunter.

»Du, wie ist denn deine neue Betreuerin so?«

»Fred, sie kann alles, putzen, kochen, Bad, ich bin echt überrascht.«

Sein Kumpel war etwas misstrauisch, aber dann schaute er Sue anerkennend an.

»Meine Liebe, die Jungs in der Bar erwarten dich, mehr möchte ich aber nicht sagen.«

»Schon gut, ich kann mir das vorstellen, eine Fremde im Ort.«

Fred nickte bloß und sagte nichts mehr.

Während sie Jim schob, kam ihr die Überlegung in den Sinn, ob sie eine Pflegekraft für ihn engagieren sollte, dann könnte sie unter der Woche in L.A. etwas arbeiten und an den Wochenenden bei Jim sein. Doch nein, sie entschied, hier zu bleiben, denn das Skript war wirklich wichtig für sie, und dass Jim ihre Hilfe benötigte, war nicht zu übersehen.

Unterwegs sah sich Sue die Ortschaft genauer an, und ihr fiel auf, dass alle Häuser einen sehr gepflegten Eindruck hinterließen. Also war hier ein gewisser Wohlstand. Fischerei und Tourismus, bestätigte Fred.

Sie hielten kurz am Hafen an und gingen dann den Weg weiter zur Bar.

Die drei kamen herein und es gab ein gedämpftes »Hallo«. Laura und ihre Freundin Nancy begrüßten Jim und ignorierten seine neue Pflegerin.

Nancy meinte dann: »Sue, wir haben mit Fremden schlechte Erfahrungen gemacht, vor allem Jim. Wir trauen dir nicht, du willst den armen Kerl voll ganz kaputt machen. Der kann doch gar nicht mehr schreiben.«

Jim protestierte: »Hört mal, Sue ist in Ordnung, und die Kreativität werde ich hinbekommen.«

»Sei ruhig und widersprich nicht, Rollstuhlfahrer.«

Ein Mann wie ein Baum kam her und sagte, die Frauen hätten Recht.

Sue war zunächst ratlos, was sollte sie jetzt machen?

»Okay, Laura, Nancy, was wollt ihr von mir? Ich brauche Jim für das Drehbuch und er bekommt eine Menge Geld dafür. Das ist doch gut, oder?«

Die Frauen schauten abwechselnd zu Jim und zu Sue. Dann besprachen sie sich eine Zeitlang.

»Nun gut«, meinte Laura, »wir wollen sehen, ob du was kannst. Die Schauspielerei ist für dich kein Problem, wie wäre es mit einem Tabledance?«

Sue wägte ab, ob sie sich darauf einlassen sollte, dann nickte sie. »In Ordnung.«

»Hör mal, du siehst die Bar und die Stangen, es ist ein breiter Tresen.«

»Okay, ich probier's.«

»Sehr gut, dann sehen wir für dich eine Chance, dass du bleiben kannst«, sagte Nancy.

Sue atmete tief durch, in einem Film hatte sie so etwas schon gemacht, aber hier? Doch scheinbar kam sie nicht drum herum.

»Aber ihr passt auf eure Männer auf, ist das klar?«

»Kein Problem«, kommentierte Laura, sprang auf die Theke und rief: »Mal herhören, Leute, Sue macht einen erstklassigen Tabledance für uns alle. Aber anfassen gilt nicht, sonst gibt's was auf die Finger. Hast du gehört, Tom?«

»Schon klar, Laura«, meinte der Angesprochene.

»Also, Bill, her mit der Musik. Sue, du kannst anfangen.«

Die Lautsprecher tönten, Sue stand auf einem Stuhl und zog umständlich die Schuhe aus, dann die Socken. Barfuß stieg sie auf den Tresen und drehte sich eng um eine Stange.

»Die Bluse, weg mit der Bluse«, rief einer.

Sue lächelte, rief ihm zu: »Du spinnst wohl?«

Manch einer lachte jetzt. Mit der Musik und den erotischen Biegungen ihres Körpers galt ihr alle Aufmerksamkeit. Die Zunge glitt über einen Teil der Stange, und die Kumpels waren begeistert. Danach streichelte Sue den Oberkörper eines riesigen Kerls. Gleich anschließend holte sie mit den Zehen seine Zigarette aus dem Mund, lutschte daran und rauchte sie weiter.

Die Jungs waren schwer beeindruckt, die Frauen

bauten sich langsam vor der Theke auf und schoben ihre Männer etwas weg. Es wurde richtig heiß in der Bar. Sue leckte wieder die Stange und ihr Hintern vollzog verführerische Bewegungen. Die Kumpels brauchten jetzt schnell einige Whiskeys. Die Zigarette war erloschen und Sue holte sich eine von einem Mann, dem sie den Glimmstängel mit der Zunge aus dem Mund schob.

»Das ist verdammt heiß«, stöhnte einer, während sie einem anderen Zuschauer mit ihren Zehen das Hemd halb auszog.

Die Musik endete und Sue rutschte bei einer Drehung die Jeans halb herunter, der Slip war deutlich zu sehen. Die Kumpels wurden jetzt ziemlich unruhig.

»Okay, das reicht!«, rief Laura.

Sue stand auf der Theke und rauchte gelassen ihre Zigarette zu Ende. Dann setzte sie sich auf den Hintern und sprang vom Tresen.

Die Frauen warfen ihr abschätzende Blicke zu, Nancy kam her.

»Okay, war nicht schlecht, was du gezeigt hast. Hier sind deine Sachen.«

Laura trat mit zwei anderen Frauen hinzu und sagte: »Das war gut, wir akzeptieren dich, du kannst bleiben. Aber lass unsere Männer zufrieden, du hast Jim.«

»Das geht klar«, erwiderte Sue und zog sich an. Jetzt gab es im Ort garantiert ein neues Gesprächsthema.

Sue ging zu Jim. »Na, wie war ich?«

»Tatsächlich einsame Spitze, ich habe noch nie eine Frau so tanzen sehen.«

»Jetzt habe ich einen zusätzlichen Job für mich entdeckt, falls Hollywood schief geht. Womit wir beim Thema wären, Jim, ich brauche das überarbeitete Drehbuch. Kannst du es schaffen?«

»Ich habe immer Papier dabei und fange gleich an. Bringst du mir ein Bier?«

»Mensch, deine Medikamente, willst du dich umbringen mit dem Alkohol? Es gibt eine Limo und heute Abend ein Glas Sekt. Jetzt nimm bitte deine Pillen.«

Jim schluckte seine chemischen Helfer und machte sich einige Notizen. Sue unterstützte ihn ab und zu mit einer Idee.

Etwas später ging sie zu den anderen Frauen, um mit einem Cocktail auf die neue Freundschaft anzustoßen.

Nach ein paar Stunden kam Fred, und zusammen brachten sie Jim zurück in seine Wohnung.

Noch am selben Abend zog sie zu Jim in die Wohnung, und am nächsten Morgen war wieder Alltag, Sue holte Jim aus dem Bett, er wusch sich, sie machte das Frühstück. Danach spülte sie ab und saugte die Wohnung.

»Sue, du kannst ruhig bleiben, Laura hat das Ganze nicht so gut gemacht und mich ziemlich herumkommandiert. Bei dir fühle ich mich wohl.«

»Danke für das Kompliment, ich werde es mir überlegen. Schreibst du heute?«

»Sicher, ich fange gleich an. Seit du da bist, sprudeln meine Ideen, du bist meine Muse.«

Sue wackelte sexy mit ihrem Hintern und ging in die Küche. Ihr Patient hatte eine lustige Eieruhr und tolle Topflappen mit interessanten Rezepten, zum Beispiel für einen Eiersalat. Den wollte sie morgen mal probieren. Sie lächelte nachdenklich, eigentlich fand sie Jim ganz nett. Aber das Drehbuch war wichtiger als alles andere.

Mehrere Tage vergingen, Jim arbeitete konzentriert und Sue managte den Haushalt.

»Mensch, du hast schon wieder etwas Gutes gekocht«, stellte Jim bewundernd fest, als das Mittagessen auf dem Tisch stand.

»Ja, es ist Hausmannskost, Fisch mit Reis und Sauce. Ich habe viele verborgene Talente, nur weiß das keiner.«

Er sprach mit vollem Mund: »Mach doch im Fernsehen eine Kochsendung oder so etwas, das schmeckt wirklich.«

Sue verbeugte sich leicht und lachte.

Später setzte sich Jim wieder an den Computer. Am Abend rief er nach ihr.

»Sue, lies bitte diese Szene durch, ich habe sie markiert. Irgendetwas stimmt da nicht, aber ich habe keinen Einfall.«

Sie vertiefte sich in das Skript.

»Jim, wir brauchen da eine Intensivierung der Handlung und der Charaktere. Und die Szene muss auf mich zugeschnitten sein, wir haben ja lange darüber gesprochen. Aber im Skript werde ich meinen Slip nicht ausziehen, sondern nur langsam die Bluse erotisch aufknöpfen.«

»Willst du das Drehbuch schreiben? Ich sehe, du kannst das. Sue als Sexobjekt.«

»Nein, eben nicht. Ich deute die Erotik nur an und alles bleibt im Rahmen, da kannst du sicher sein. Ich will ja weiterhin Filme drehen und die wichtigen Studios wollen so gut wie keinen Sex in den Produktionen. Die sind dermaßen prüde, in Europa sieht man das nicht so eng.«

Jim bugsierte mit seinem Rollstuhl einen Hocker heran und forderte sie auf, sich dazu zu setzen.

Aber sie meinte bloß: »Das Schreiben ist dein Job, ich bin nur die Rettung in der Not.«

Am nächsten Morgen, als Jim auf der Bettkannte saß, forderte Sue ihn auf: »Versuch mal, ob du auf die Beine kommst, ich stütze dich.«

Er erhob sich langsam, und Sue kommentierte: »Gut, und jetzt gehst du langsam rüber zum Schrank, ich bin bei dir.«

In die Mitte des Weges schob sie als Zwischenstopp einen Stuhl. Jim wackelte tapfer voran und schaffte es bis dorthin.

»Der Kandidat hat einhundert Punkte«, applaudierte sie.

»Seit du da bist, geht alles viel besser.«

Sue umarmte ihn.

»So, ab ins Bad, wir nehmen noch ein paar Mal den Rollstuhl, und dann geht's ohne.«

Gegen Mittag kam Laura mit ihrer Freundin Helen vorbei.

»Wie geht es euch so?«, fragte Helen.

»Viel besser, Sue ist ein Engel«, schwärmte Jim.

Laura lachte. »Und ist das himmlische Wesen eigentlich verheiratet? Antworte ehrlich.«

»Nun, ihr beide wisst sicher, dass ich geschieden bin. Aber ab und zu lasse ich mich auf eine Affäre ein, wenn der Kerl toll aussieht. Doch es hält nie lange und als echtes Hollywoodmonster darf ich das. Seid ihr damit einverstanden?«

»Ganz im Geheimen«, flüsterte Laura. »Wir nehmen es manchmal auch nicht so ernst, die Sache mit dem Ehering, verstehst du?«

»Helen, Laura, ich bin entsetzt«, rief Sue und alle lachten.

Die Besucherinnen wechselten das Thema.

»Hört mal, ihr beide, heute ist ein kleines Fest in der Halle vom Baseballklub, es gibt Kuchen, Kaffee und einen hervorragenden Punsch. Kommt ihr mit?«

Sue schaute Jim fragend an, er nickte.

»Also, macht euch fertig, wir helfen wegen der Treppen.«

Zu dritt schleppten sie Jim und seinen Rollstuhl hinunter. Laura hatte einen großen Geländewagen, und sie fuhren los.

Im Klub gab es eine Auswahl zu Essen und Trinken, die hatten sich wirklich Mühe gegeben.

Jim holte sich einen Punsch.

»Nur einen, denk an deine Tabletten«, ermahnte Sue.

»Kein Problem, das Zeug hat fast keinen Alkohol«, antwortete ihr Patient.

»Nun gut, aber pass bloß auf.«

Das Programm begann, es wurde getanzt, eine Band spielte und die Jugend machte verschiedene Vorführungen.

Die Zeit verging, Jim war plötzlich ganz fröhlich, und Laura wandte sich misstrauisch an Sue.

»Du, schau doch mal nach unserem Patienten, da stimmt was nicht.«

»Er muss jetzt seine Tabletten bekommen«, sagte Sue.

»Das meine ich nicht, sondern ich denke an den Punsch.«

»Au verdammt, ich hatte ihn doch gewarnt.«

Sue kämpfte sich durch die Menge und fand Jim bei seinen Kumpels, er hing schräg in seinem Rollstuhl.

»Jim, schau mich an«, rief sie erregt.

»O Gott, Sue, bin ich besoffen, das war ... der Punsch.« Er rülpste. »Ich habe so wenig getrunken.«

»Warum habt ihr nicht auf ihn aufgepasst, ihr Trantüten?«

Sue war stinksauer.

Einer der Typen lallte: »Wir sind ... alle ... besoffen, haben nichts ... bemerkt.«

Plötzlich wurde Jim weiß im Gesicht. »Sue, mir wird ganz schlecht. Hilfe.«

»Wieviel hast du gesoffen?«

»Vielleicht zehn oder fünfzehn.« Er stöhnte nur noch und atmete heftig.

»Bist du verrückt, willst du dich umbringen?«

Jim würgte.

»Aber nicht hier, mein Lieber. Los, wo sind die Toiletten?«

»Dort … entlang, diese Richtung«, sagte einer mühsam.

Sue schob den Rollstuhl mit Jim und kämpfte sich durch herumrennende Kinder und Gruppen redseliger Leute.

»Halt aus, nur noch ein paar Meter.«

Sie versuchte, Jim zu trösten, bis sie endlich die Männertoilette erreichten. Sue schob Jim hinein, doch ein Mann kam heraus, der sie erschrocken ansah.

»Ich bin Transvestit aus Hollywood, ich darf das«, brummte sie.

»Dann ist ja alles in Ordnung«, meinte der Mann entsetzt.

Sie hievte Jim aus dem Rollstuhl und setzte ihn vor die Kloschüssel.

»Los, kotz dich aus, Dummkopf. Versäuft sein Riesentalent, verdammt!«

»Verzeih mir, Sue.« Er lallte und würgte. »Ich sterbe, o Gott, ist mir schlecht.«

»Lass Gott aus dem Spiel, Rauschkugel.«

»Du, ich kann mich nicht erbrechen, es kommt nichts.«

»So, tatsächlich?«

Sie zündete sich eine Zigarette an.

»Bitte hilf mir, ich kann nicht.«

»Schau mich an, Goethe, und dabei tief einatmen.«

Er drehte den Kopf, und Sue blies ihm eine volle Ladung Zigarettenqualm ins Gesicht.

»Und jetzt, klappt's?«, fragte sie hinterlistig.

Jim hustete, würgte und Punsch, Kuchen, Limonade und einige Brötchen kamen wieder heraus. Sie hielt seinen Kopf, nach fünf Minuten war Jims Magen so leer wie sein Bankkonto.

»Du wolltest mich umbringen«, stöhnte Jim sichtlich ernüchtert.

»Nein, denn du hast mich darum gebeten, also war es nur Beihilfe zum Mord. Wie geht es dir?«

»Bin von den Toten auferstanden.«

»Da sage ich Halleluja«, meinte sie ganz cool.

Draußen spielte gerade die Orgel, Sue half Jim in den Rollstuhl zurück. Aber er würgte wieder.

»Nein, das bleibt jetzt drin, du hast ausgekotzt.«

Ein Mann trat herein, bekam große Augen und verschwand gleich wieder.

»Los, wir müssen zurück, sonst werfen sie uns hinaus, das wäre ein Skandal.«

»Zu spät, die haben mich alle kotzen sehen und du standst dabei.«

»Nein, vergiss es, die sind doch alle betrunken.«

Die beiden verließen die Toilette, draußen nahm Jim seine Tabletten und bekam von Sue Schreibpapier und sein Manuskript.

»Ich will heute Abend noch zwei Seiten sehen.«

»Da bin ich mir nicht sicher«, jammerte Jim. »Was hast du denn alles in deiner Handtasche?«

»Einen Düsenjäger und einen LKW, im Übrigen geht dich das nichts an.«

Wie Sue vermutet hatte, war allgemein eine hervorragende Alkoholstimmung. Sie kämpfte sich zum Vereinschef durch und entschuldigte sich, Jim hätte einen kleinen Anfall gehabt und sie wären auf der Toilette gewesen. Aber Gottseidank wäre nichts Schlimmeres passiert. Der Boss bedankte sich bei Sue und rief rasch ein Taxi für seine Gäste.

Sue nahm Schreibpapier und Manuskript aus Jims Schoß und beides landete wieder in ihrer Handtasche.

Der Fahrer war ein guter Kerl, und gemeinsam schleppten sie Jim die Treppen hinauf. Sue gab reichlich Trinkgeld, der Mann bedankte sich und ging.

»Die Tabletten wirken, es geht mir besser.«

»Sei froh, dass du noch lebst, Dummkopf.«

Sie wischte mit einem feuchten Tuch über sein Gesicht und bürstete seine Haare.

»Du stinkst wie eine Mülltonne, also ab unter die Dusche.«

»Hilfst du mir?«

»Klar, denkst du, ich lasse dich ertrinken?«

Sie stellte einen Plastikhocker in die Kabine, dann zog sich Jim aus.

Sue lachte. »Was für ein gut gebauter Kerl, wie eine griechische Statue. Mein Kompliment, wirklich.«

Jim wurde leicht rot. »Ich nackt und du nicht, das ist ungerecht.«

Kurzerhand hängte Sue ihre teuren Klamotten an die Badezimmertüre. »So, jetzt ist Gleichstand«, meinte sie, »aber wir konzentrieren uns bitte auf das Saubermachen.«

Sie duschte Jim ab, half mit der Seife und danach beim Abtrocknen.

Wenig später waren Jim und sie wieder im Arbeitszimmer. Er atmete tief durch, konzentrierte sich, begann zu schreiben und hörte erst gegen Mitternacht auf. Dann rief er nach Sue, die es sich mittlerweile im Wohnzimmer bequem gemacht hatte.

»Lies es bitte, zwar sind Schreibfehler drin, aber ich hatte eine gute Phase.«

Sue ging zu ihm und arbeitete in Ruhe die Seiten durch.

»Sehr gut gemacht. Jim der Große, ich habe selten etwas Besseres gelesen.«

Nach einer weiteren Stunde brachte ihn Sue ins Bett, sie schlief wie gehabt auf der Couch.

Am Morgen wollte Sue ihm wieder beim Aufstehen helfen, aber Jim schaffte es alleine in den Rollstuhl, und auch das Bad klappte.

»Großes Lob von mir, das sieht jetzt gut aus, mein Lieber.«

Jim lachte. »Nun, du motivierst mich eben, geistig wie körperlich.«

»Das mit dem Körperlichen bezieht sich aber nur auf deinen Rollstuhl, kapiert?«

»Schon klar, ich wollte dir aber noch sagen, die Sache mit der Statue gestern Abend, deine Bemerkung.«

»Ja, und?«, fragte Sue.

»Das bezieht sich auch auf dich, du hast einen tollen Körper.«

»Danke, Jim, aber das ist nicht unbedingt neu für mich, denn Millionen von Männern haben das auch schon festgestellt. Ohne gutes Gesicht und top Figur kannst du den Job als Star überhaupt nicht machen. Und die Studios würden mich nicht beachten.«

»Sorry, habe ich vergessen, Entschuldigung.«

»Trotzdem, danke für das Kompliment.«

Sue richtete das Frühstück, es gab Rühreier mit Schinken und Cornflakes.

»Hör mal, deine Vorräte sind alle, ich muss heute einkaufen gehen. Hast du Geld?«

»Nicht viel, aber die Wohnungen unten sind vermietet und am Ersten sind wieder viele Dollars auf dem Konto. Nimm die Kreditkarte, da ist noch etwas drauf. Hier sind die Autoschlüssel, ich habe einen älteren Ford Kombi, er steht nicht weit weg vor der Kirche.«

»Okay, ich werde deinen Wagen schon finden, bin bald zurück. Die Einkaufssumme teilen wir uns.«

Mit mehreren Taschen beladen ging Sue die Treppen hinunter und fand bald darauf Jims Auto. Der Weg führte zu einem großen Einkaufszentrum etwas außerhalb der Ortschaft. Dort war auch ein

Restaurant, und Sue bestellte sich einen Burger mit Kaffee. Dann rief sie in L.A. an und redete mit ihrer Assistentin Jessy.

»Hallo, grüß dich. Was gibt es Neues aus Hollywood? Gib mir bitte zuerst die guten Nachrichten.«

»Also, Chefin, da wäre der Produzent Jasper, der endlich seine Schulden bei dir gezahlt hat. Außerdem läuft deine Modemarke sehr gut und auch deine Schmucklinie liegt voll im Trend. Kurzum, du hast zirka fünfzehn Millionen mehr auf deinem Konto.«

»Das höre ich doch gerne, jetzt zu den schlechten Infos.«

»Sue, vor Kurzem war dein Exmann im Fernsehen und erklärte, dass er erheblich mehr Geld von dir will. Es kam auch im Radio.«

»Das kann er vergessen. Ich habe in einer Zeitschrift gelesen, er sei sehr gut im Filmgeschäft. Und wenn das stimmt, wird jeder Richter sein Ansinnen ablehnen.«

»Ja, sicher, Ethen will nur auf dir herumhacken und dich schlecht machen. Denn er dreht in nächster Zeit angeblich drei Filme und tritt auch in einer Fernsehserie auf.«

»Reden die Kommentatoren auch von mir, hört man da etwas?«

»Leider nicht, tut mir leid, das ist klar eine schlechte Nachricht.«

»Nicht einmal einen Nachruf auf Sue Allen?«

»Nein, meine Liebe, du bist komplett weg vom Geschäft.«

»Verdammt, und Ethen macht mich noch lächerlich, das Scheißschwein. Aber warte, ich werde zurückkommen und wieder ganz oben stehen, es dauert nur noch etwas.«

»Ich bin auf deiner Seite, das weißt du. Gib Jim etwas mehr Zeit für sein Drehbuch, arbeitet sorgfältig, dann hast du deinen Erfolg.«

»Danke, Jessy, so werde ich es machen. Hat Ethen schon eine neue Freundin?«

»Ja, eine junge Schauspielerin mit viel Potential, so sagen die Medien. Sie heißt Emma Scott. Du kennst deinen Exmann, seine Tour ist immer dieselbe und die Frauen fallen darauf herein. Und wenn sie ihn besser kennen, ist es meistens aus mit der Partnerschaft.«

»Na, dann hoffe ich, dass bei Emma bezüglich des Scheißkerls bald der Groschen fällt, der Arsch war eine reine Zeitverschwendung. Jessy, wir bleiben in Verbindung, auf bald.«

Sue bezahlte, lud die Tüten und Kartons in Jims Wagen und fand nicht weit von seiner Wohnung entfernt einen Parkplatz. Sie musste ein paar Mal laufen, dann waren alle Einkäufe in dem Apartment verstaut.

»Herr Schriftsteller, ich brauche jetzt einen Erholungskaffee. Machst du mir einen?«

»Ja, sicher. Heute läuft es bei mir glänzend, es ist schon über die Hälfte des Skripts fertig.«

»Das klingt aber gut«, meinte Sue und setzte sich an seinen Schreibtisch.

»Darf ich mal lesen?«, fragte sie dann.

»Kein Problem, es ist die erste Fassung, aber schon ziemlich brauchbar. Wir machen später, wenn das Skript fertig ist, noch eine gemeinsame Korrektur.«

Sie las die Seiten aufmerksam durch, Jim war ein Talent, das wurde immer klarer. Figuren, Dialoge, Haupt- und Nebenhandlung, alles passte.

»Wie ist mein Kaffee?«, fragte der Kreative.

»Mein Kompliment, er ist vorzüglich.«

Er lächelte sie an. »Du, neulich unter der Dusche, verstehe mich bitte richtig, aber hattest du keine Gefühle? Ich meine, das war doch eine heiße Szene, wir beide nackt.«

Sue lächelte zurück. »Lieber Jim, das war schon erotisch, aber für mich nicht unbedingt etwas Neues. Es kam schon in meinen Filmen vor.«

Sie schwieg ein paar Sekunden.

»Weißt du, in Hollywood hat jeder eine Maske auf, das schwierige Geschäft macht die Leute hart.«

»Und wann legst du das Ding mal ab?«

»Nicht einmal, wenn ich schlafe.«

»Aber dann hast du ja dauernd Halloween.«

Beide lachten.

»Aber du hast Recht, überall in L.A. sind Monster und dumme Sprüche. Nur ab und zu gibt es im Radio ein gutes Interview.«

Jim arbeitete weiter, und am Abend kamen Laura und Nancy zu Besuch. Am Wochenende wäre ein Fischerfest, ob beide Lust hätten mitzugehen.

Sue und Jim sagten zu.

Am nächsten Morgen telefonierte Sue mit ihrem Exmann.

»Hallo Ethen, nett, dich mal wieder zu hören. Wie geht's denn so?«

»Nun, ich will dich nicht bloßstellen, aber meine Karriere läuft glänzend. Im Gegensatz zu deiner.«

»Ich habe gegenwärtig eine Auszeit, mein Comeback wird stattfinden. Hör mal, mehr Geld bekommst du von mir nicht. Ich bin mir sicher, dass jeder Richter derselben Meinung sein wird. Außerdem hast du ja diese Emma Scott als neue Partnerin.«

»Ja nun, eine kleine Affäre, nichts weiter. Aber die Kleine hat jetzt schon eine Erfolgssträhne. Sue, du bist eine schlechte Schauspielerin, deine Karriere ist vorbei. Was soll ich mit einer solchen Niete anfangen? Da musste ich ja fremdgehen, um nicht von deiner Perspektivlosigkeit angesteckt zu werden.«

»Ethen, du verdammtes Schwein, durch mich bist du groß geworden, ich habe dich protegiert und gefördert.«

Schweigen am anderen Ende, dann lachte er ausgiebig.

»Ja, du hast sogar Recht, aber wie hässlich ist die Welt, selbst zu dir. So, ich gehe jetzt zu Emma, sie wartet auf mich.«

Verächtlich ergänzte er noch: »Auf dich wird es in Kürze einen trauervollen Nachruf geben, Sue Allen ist am Ende.«

»Du bist wirklich eine Arschgeige, ich hätte es schon früher merken müssen.«

»Mit einer Toten streite ich mich nicht, du bist nur noch Ungeziefer.«

Er legte auf. Sue, war dermaßen sauer, dass sie ein Glas nahm und es gegen die Wand warf.

In dem Moment kam Jim mit seinem Rollstuhl angefahren und bekam das Ganze mit.

»Du scheinst Feinde zu haben, deine Reaktion ist heftig.«

»Ja, es war mein Exmann, dieser Drecksack.«

»Komm, wir nehmen uns die Zeit. Wenn du willst, erzähle mir ein wenig von deinen Männern.«

Und Sue begann zu berichten, die erste große Liebe war ein Rockmusiker. Er spielte fantastisch E-Gitarre, hatte Erfolg und sah gut aus. Sie war total in ihn verknallt, aber es stellte sich im Lauf der Zeit heraus, dass ihm seine Band wichtiger war als sie, und an Verehrerinnen hatte er keinen Mangel. Also beendete Sue die Beziehung, denn sie hasste und beneidete ihn. Die zweite große Liebe war ein Schriftsteller. Er sah gut aus, war sehr gebildet und konnte Goethe und die alten Griechen zitieren. Kurzum, er war ihr haushoch überlegen. Aber er war treu und Sue lernte viel von ihm, zum Beispiel über Literatur, Drehbücher und das Kaufmännische. Aber nach drei Jahren verließ sie ihn.

»Warum hast du das gemacht, wenn er doch ein guter Mann war?«, fragte Jim.

»Du hast Recht, es war ein Fehler von mir. Bei Rick hätte ich bleiben sollen.«

Aber ihr Stolz hätte das nicht zugelassen, weil er

so viel mehr wusste als sie. Dann gab es Michael, einen Schauspielerkollegen.

»Wir waren wie gute Freunde, ich konnte mit ihm über alles sprechen. Aber er wollte zurück ans Theater und ging nach Europa, der Bühnen und der Regisseure wegen. Zuerst hielt die Ehe auch über den Ozean hinweg. Doch dann lernte er in London eine Frau kennen und es war ihm ernst mit ihr. So kam auch mit Michael die Trennung.«

»Und der vierte Mann war Ethen?« Jim schien neugierig geworden zu sein.

»Ja, ich hatte gedacht, er wäre der Richtige. Er war charmant, brachte mich zum Lachen und war intelligent.« Sie stockte kurz, dann erzählte sie weiter. »Am Anfang blieb er treu, was in Hollywood selten vorkommt. Aber die Karriere, die ich ihm ermöglichte, veränderte ihn. Sein Humor wurde sarkastisch, sein Charme kam nur noch bei anderen Frauen zum Vorschein und seine Liebe für mich war gespielt. So kam es zur Scheidung, und gegenwärtig hat Ethen eine junge Freundin. Sein Riesenerfolg hat ihn zu einem Arschloch werden lassen.«

Jim legte seine Hand sachte auf ihr Kinn und hob ihren gesenkten Kopf hoch. »Aber ab jetzt herrscht Optimismus, denn ich schreibe dir ein exzellentes Drehbuch. Dein Erfolg wird kommen, ich bin mir sicher, und ich kenne dich ein wenig.«

Sue erhob sich aus dem Sessel und gab Jim einen Kuss auf die Stirn. »Komm, Einstein, zurück zum Schreibtisch, lass es krachen!«

Jetzt lachten beide.

Nach einigen Tagen holte Jim eine Flasche Wein aus dem Schrank und stellte zwei Gläser dazu. Sue war gerade einkaufen, der gute Tropfen sollte eine Überraschung für sie werden.

»Wohin mit dem Waschmittel?«, fragte die Schöne, als sie in die Wohnung kam.

»Stell es in die Küche und komm zum Schreibtisch.«

»Okay, ist etwas?« Sue kam ins Arbeitszimmer. »Aber hallo, ich habe da so eine Ahnung.«

»Ja, richtig geraten, das Drehbuch ist fertig, zumindest in der ersten Fassung.«

»Mein Held, lass dich umarmen.« Sie gab ihm einen kleinen Kuss, setzte sich an den Schreibtisch und begann, die Seiten durchzulesen.

Ihr zustimmendes Nicken freute ihn.

»Du verstehst etwas von deinem Handwerk, das Skript ist insgesamt sehr gut, Jim. Aber einige Stellen musst du noch intensiver herausarbeiten.«

»Damit lässt sich etwas machen?«

Sue nickte. »Auf jeden Fall, es wird ein ganz toller Agentenfilm.«

Sie stießen mit dem Wein an und später, als die Wirkung des Alkohols nachließ, setzte er sich wieder an den Schreibcomputer.

Beim Abendessen kam das Gespräch auf Jims Finanzen.

»Hör mal, scheinbar hast du genügend Geld, um gut über die Runden zu kommen. Wie geht das?«, fragte Sue.

»Du hast Recht, das Haus hat mir Vater überschrieben. Die unteren Wohnungen sind vermietet und ich bin gut versichert, eine Art frühe Rente, die hat mein alter Herr auch spendiert.«

»Toll, so eine Dauerzahlung habe ich nicht.«

Jim lachte. »Bei deinen hohen Gagen brauchst du das auch nicht. Aber wenn es gesundheitlich schlecht geht oder du nicht mehr arbeiten kannst, zahlt die Versicherung auch.«

Am Nachmittag des folgenden Tags kamen Laura und Fred vorbei, fragten Jim und Sue, ob sie mit zum Fischerfest wollten, es gäbe sehr gute Fischfilets und Hummer, alles sehr preisgünstig und fangfrisch.

Gemeinsam hievten sie Jim ins Auto und fuhren zum Hafen. Sie fanden einen Parkplatz, und Sue schob den Rollstuhl in die Bar, die sich am Fest beteiligte. Es gab ein großes Hallo, Jims Kumpels freuten sich, beide wiederzusehen. Der Autor bestellte für beide etwas zu essen. Die Mahlzeiten kamen rasch, es duftete verführerisch.

Sue schaute Jim fragend an. »Weißt du, wie man den Hummer isst?«

»Sieh her, ich zeige es dir. Zuerst den Teil weiter vorne, den kann man abnagen. Und darunter kommt das Fleisch, es schmeckt ähnlich wie Fisch. Dazu gibt's dann die gute Sauce mit Brot.«

»Na, jetzt habe ich wieder etwas dazugelernt.«

Jim erhielt sein zweites Küsschen und schaute stolz in die Runde.

Später kamen Laura und Fred vom Nachbartisch

herüber und brachten die beiden nach Hause. Vor der Treppe atmete Jim tief durch.

»Jetzt bin ich immer noch im Rollstuhl, verdammt nochmal, wie ich dieses Gefährt hasse. Freunde, lasst mich mal die letzte Treppe alleine versuchen.«

»Wie du willst, dann los«, kam Sues Kommentar.

Er drückte sich aus dem Rollstuhl heraus und nahm die erste Stufe.

»Ja, ganz toll, du kannst das«, feuerten Laura und Fred ihn an.

Jim nahm die nächsten Stufen in Angriff. Dicht hinter ihm war Sue.

»Jim, weiter so, du schaffst es.«

Als er oben angekommen war, schloss er noch die Wohnungstüre auf.

Fred brachte den Rollstuhl und Jim setzte sich wieder hinein. Sue lobte Jim, Laura und Fred nickten ihm anerkennend zu.

»Hallo, ihr beide versteht euch ja gut.«

»Ja, Fred, wie ein altes Ehepaar.« Sue lächelte, als sie es sagte.

»Ich habe mich so an meine Pflegerin gewöhnt, sie könnte ruhig länger bleiben«, pflichtete Jim bei.

Zum Abschied bekam er ein paar Küsschen von Laura, und die beiden wünschten einen schönen Sonntag.

Zwei Tage später, Sue saß bei Jim am Schreibtisch.

»Jim, jetzt kommt die zweite Fassung des Skripts. Ich markiere dir die Stellen, die nicht hundertprozentig sind. Dann kommt deine Kreativität und du bringst die passende Szene, ob Dialog, Monolog oder eine schweigende Filmtotale.«

Er nickte, und Sue las konzentriert weiter. Am Nachmittag machten sie vorerst Schluss und brieten sich zwei Steaks in der Pfanne, dazu gab's Pommes.

»Lass uns noch in die Bar gehen, einen Belohnungsdrink nehmen.« Jims Stimme klang erschöpft.

»Aber nur einen Whiskey, mehr nicht.«

Später wollte er die Treppen alleine hinuntergehen, doch Sue war neben ihm, damit er nicht stolperte und hinabstürzte.

In der Kneipe begrüßte sie Peter, der Barkeeper.

»Setzt euch hin, wo ihr wollt. Heute Abend ist viel Platz.«

Jim suchte einen Tisch aus und fragte Sue: »Was machst du, wenn dich L.A. wieder hat?«

»Das ist leicht zu sagen, zunächst werde ich Mitstreiter für dein Drehbuch suchen, auch einen erfahrenen Regisseur. Wahrscheinlich ist eines der großen Studios mit im Boot und meine Produktionsfirma wird alles Weitere vorbereiten. Du siehst, eine Menge Arbeit. Was sind deine Ziele?«

»Das ist nicht schwer zu erraten. Erstens den Rollstuhl abschaffen, dann weg mit den Pillen. Und dann ein neues Drehbuch.«

»Klingt gut, Jim, und was macht die Liebe?«

»Na, so eine Frage. Ich bin mit einer der schönsten Frauen Hollywoods zusammen und sie interessiert sich, was bei mir die Liebe macht. Willst du es genau wissen?«

»Ja, nur zu.«

»Also, es soll schon vorgekommen sein, dass sich ein Drehbuchautor in eine schöne Schauspielerin verliebt hat.«

»Und sie hat die Liebe erwidert? Wie geht die Geschichte aus?«

»Ich habe das Skript noch nicht so weit entwickelt, mal sehen.«

Sue umgriff Jims Kopf, zog ihn zu sich her und sie küssten sich lange.

Später, in Jims Schlafzimmer, standen sich beide gegenüber.

»Bist du dir sicher, dass du den Sex willst?«, fragte Sue.

»So gewiss wie nie, es bedeutet mir viel.«

»Dann komm, schöner Mann, worauf warten wir?«

Jim zögerte. »Ich habe nicht viele Erfahrungen sammeln können.«

»Das macht nichts, deine Bettpartnerin umso mehr. Ich zeige dir viele Gefühle und noch mehr Leidenschaft.«

Am nächsten Morgen stand Jim früh auf, er schob den Rollstuhl beiseite und machte das Frühstück, dann weckte er Sue, indem er laut nach ihr rief.

Er hörte sie gähnen. »Hey, wo bist du, ist alles okay?«

»Und wie es okay ist«, rief er ins Zimmer. »Ich bringe das Frühstück ans Bett.«

Der Rollstuhl hatte ausgedient, Jim konnte ohne Probleme laufen.

Der Star schaute aus dem Fenster. »Es wird langsam Herbst, die Blätter der Bäume färben sich.«

Jim bestätigte: »Ja, stimmt, es soll einen schönen Indian Summer geben. Hast du Lust auf einen kleinen Spaziergang? Ich muss das Gehen trainieren. Vorher mache ich noch die Küche fertig.«

Bald darauf gingen sie die Straße entlang zum Hafen und fanden schließlich eine Sitzbank.

Sue suchte wohl nach Worten, denn es dauerte eine Weile, bis sie sagte: »Jim, hör mir zu. In ein paar Tagen ist das Drehbuch fertig und ich werde wieder abreisen. Ich glaube, du empfindest etwas für mich, deshalb mach bitte keine Szene daraus, das muss nicht sein.«

Betroffen sah er sie an, zwar hatte er mit ihrer Abreise gerechnet, und doch gehofft, dass sie bleiben würde.

»Jim, es war doch für uns beide klar, dass unsere Teamarbeit irgendwann beendet sein wird. Mein Lebensmittelpunkt ist nach wie vor L.A. Und verheiratet sind wir nicht.«

Sue gab ihm einen Kuss, den er nur zu gerne entgegennahm, und er genoss es, als sie sich an ihn kuschelte.

»Lass uns überlegen«, sagte sie, »wie wir einen guten Abschied hinbekommen. Am Abend vorher verabschiede ich mich von den Kumpels in der Bar. Am folgenden Morgen kommt meine Limousine, wir geben uns einen langen Hollywood-Abschiedskuss, dann steige ich in das Auto und fahre weg. Was hältst du davon?«

Jim und Sue schauten sich ernst an.

»Ich halte gar nichts davon, bleib doch einfach hier bei mir.«

Glücklicherweise kamen Laura und Fred vorbei.

»Jim, nanu, ohne Rollstuhl?«

»Ja, Sue hat es fertiggebracht. Sie ist so wundervoll, dass ich sie nicht gehen lassen will.«

»Laura, hilf mir«, bettelte Sue, »wir reden gerade über meinen baldigen Abschied.«

»Oh, ein schlimmes Thema, da kenne ich mich nicht aus. Ein gutes Lebewohl habe ich noch nie hingekriegt.«

»Fred, sag du etwas«, flehte Jim.

»Okay, es spricht der erfahrene Marineoffizier. Sue, du hast doch viele Beziehungen in L.A. Wären da eventuell für Jim Aufträge möglich?«

»Sicher, zwar ist die Konkurrenz groß, aber er hat es drauf. Ich habe auch schon überlegt, ob ich ihn nach Hollywood kommen lasse. Doch dann habe ich euch kennengelernt. Fred, es ist hier tausendmal besser als in L.A, die Menschen im Ort sind anders, ich meine ehrlicher und gelassener.«

»Jim weiß das auch und er kann ja öfters zurückkommen. Aber seine berufliche Zukunft ist nicht hier, sondern bei dir.«

Freds Blick wanderte zwischen Sue und Jim hin und her, sie wandte sich Jim zu.

»Du bekommst von mir eine große Summe Geld, das reicht problemlos für eine kleine Mietwohnung in L.A. Es ist dein Sprungbrett zu Film oder Fernsehen. Du kannst mich treffen und wirst auch andere Leute kennenlernen. Aber sei vorsichtig, man begegnet manchmal auch den Falschen.«

Die Sache war schließlich abgemacht, nach vier Tagen kam Sues Wagen, und Jim brachte ihre Sachen hinunter.

Helen, Laura und Fred sowie einige der Kumpels waren gekommen, es wurde ein kurzer, aber tränenreicher Abschied. Der Star bekam von den Jungs eine Table-Dance-Urkunde, alle hatten unterschrieben. Mit viel Winken und zugeworfenen Küsschen fuhr das Auto los, und später, vom Flughafen in Boston aus, rief sie Jim an.

»Und, haben sich die Leute wieder beruhigt?«

»Na klar, die Männer haben ihren Schmerz gleich mit Whiskey bekämpft.«

Sue lachte, dann: »Wann kommst du nach L.A.?

»Ich schätze, in drei Wochen sehen wir uns wieder.«

»Klingt gut«, antwortete sie, »und ich kaufe zwei Ringe für uns.«

»Willst du mich gleich heiraten?«

Er hörte sie tief durchatmen, bevor sie sagte: »Mein lieber Jim, es sind vorerst nur Freundschaftsringe.«

»Gut, gut, ich bin einverstanden«, meinte er rasch.

Sue erstickte förmlich in Arbeit. Aber zuerst kaufte sie zwei Ringe und schickte Jim einen zu. Der neue Film bekam Konturen und das Team, sowohl Schauspieler als auch Regisseur und Kameramann, wurde langsam komplett.

Zwischen den vielen Terminen rief Jim an. »Hallo, Sue, schön, dich zu hören.«

»Jim, wie geht's dir? Du hast schon mal angerufen, Jessy sagte mir, dass du eine schöne Wohnung gefunden hast.«

»Stimmt, ich wollte dich zu meiner Einweihungsfeier einladen, übernächsten Dienstag. Und noch etwas, vielen Dank für den Ring und den neuen Drehbuchauftrag.«

»Das war doch selbstverständlich. Jefferson, der Regisseur, suchte einen guten Autor. Und durch den Ring sollst du ein wenig an mich denken.«

Jim lachte und sagte: »Es würde mich freuen, wenn du kämst.«

»Ich werde es versuchen, kann aber nichts garantieren.«

Sue konnte nicht kommen. Gerade in der Woche begannen die Dreharbeiten für den neuen Film, und sie wusste, dass für sie selber viel davon abhing. In einer Drehpause versuchte sie, Jim zu erreichen.

»Hallo, hier ist Sue Allen, mit wem spreche ich?«

Eine Frauenstimme war am Telefon. »Es ist für dich, Jim.«

»Hallo«, meldete er sich.

»Sue am Apparat, alles okay, Jim?«

»Ja.«

Schweigen.

»Ich möchte mich entschuldigen, die Dreharbeiten haben früher begonnen und ich konnte nicht zu deinem Fest kommen. Kannst du mir verzeihen?«

»Schon gut, kein Problem. Ich bin im *Blue Banana*, einer Bar, und hänge hier herum.«

»Arbeitest du nicht?«

»Doch, ich bin im Zeitplan. Aber Bier und Whiskey, meine alten Freunde, sind auch da.«

Jim bekam einen Schluckauf.

»Trinkst du wieder?«, fragte sie.

»Na ja, mal mehr, mal weniger.«

»Brauchst du das Zeug schon?«

»Nein, ich glaube nicht.«

»Das sind keine guten Nachrichten. Ich fange an, mir Sorgen zu machen.«

»Lass mal, ich bin kein kleines Kind mehr und weiß, was ich tue.«

Jim legte auf.

Tags darauf ging sie zu Richard, dem Regisseur.

»Könnten wir ein paar Tage Pause machen? Ich habe privat etwas zu erledigen.«

Er betrachtete intensiv das Objektiv einer Kamera, drehte daran herum und schüttelte den Kopf. »Es läuft gerade gut, das Drehbuch stimmt und die Leute sind motiviert. Also keine Pause.«

»Ausnahmsweise?«

»Nein, ich brauche dich hier. Und vergiss nicht, wir haben einen Termin einzuhalten. Der Film muss in sieben Wochen fertig sein, auf Biegen und Brechen. Für dich hängt viel davon ab.«

»Okay, ich gebe auf.«

»Sue, es gibt auch Handys, damit kam man seinen Freund erreichen. Schon davon gehört?«

Am nächsten Vormittag versuchte sie es wieder bei Jim, es war eine raue, heisere Stimme am Telefon.

»Wer ist am Apparat? Jim, bist du es?«

Die Antwort klang verschlafen und verkatert. »Hallo, was gibt's denn?«

»Ich wollte Jim sprechen. Oder kann er mich zurückrufen?«

Am anderen Ende wurde aufgelegt und es erfolgte kein Rückruf.

Lieber Jim, dachte Sue, ich kann nicht ewig auf dich aufpassen. Mein Job ist hier.

Die Wochen vergingen und die Dreharbeiten wurden planmäßig beendet. Richard wollte lediglich noch drei Szenen wiederholen, der Rest war im Kasten.

Sue hatte jetzt mehr Zeit, sie rief Neil Jefferson, einen Produzenten, an. »Hallo Neil, hier ist Sue Allen.«

»Schön, dich zu hören. Wie geht's?«

»Neil, ich habe dir doch neulich einen Drehbuchautor empfohlen, Jim Hunter aus den Oststaaten. Bist du mit ihm zufrieden, hält er die Termine ein?«

»Ja, das Exposé kam pünktlich, das Treatment auch und in ein paar Tagen bringt er das fertige Skript. Seine Story ist verdammt gut.«

»Du bist zufrieden, das freut mich, zumal ich dir den Kerl empfohlen habe.«

»Sue, dafür schulde ich dir noch ein Abendessen, melde dich einfach.«

»Habe es notiert, auf bald, Neil.«

Sues Film kam pünktlich in die Kinos. Das große Studio, das beteiligt war, sprach von einem globalen Riesenerfolg, sie würde zirka vierhundert Millionen Dollar auf ihr Konto bekommen. Auch darum, weil sie fast alles selber produziert, das hieß, bezahlt hatte, und zwar mit den Millionen von Vince Brown. Sue hatte Ähnliches berechnet und war über die Summe sehr erfreut.

Sie hatte vor, endlich mit Jim ins Kino zu gehen, damit er »seine« Story mal ansehen konnte. Zu seiner Wohnung war es nicht weit, eine junge Frau machte auf.

»Hallo, ich bin Sue.«

»Grüß dich, ich heiße Hanna. Du willst zu Jim?«

»Ja, ich wollte ihn kurz sprechen.«

»Ich glaube, er hängt wieder in der Bar an der Ecke herum, dem *Blue Banana*.«

»Danke dir.«

Sue ging los und war kurz darauf in der Kneipe. Dort fand sie Jim mit einem Mädchen im Arm, beide waren angeheitert. Ein paar Typen standen herum.

»Hallo, Jim, erkennst du mich noch, trotz Whiskey?«

»Sue, hallo.« Jim lallte. »Herhören, Leute, das ist Sue Allen, der große Star.«

Viele Köpfe drehten sich zu ihr her.

»Jim, was soll der Mist? Hör zu, ich wollte mit dir ins Kino gehen, zu *unserem* Film, du als Drehbuchautor, ich in der Hauptrolle.«

»Mal fragen, was meine Freundin dazu sagt.«

Beide lachten und fielen beinahe vom Hocker.

Sue blieb ruhig.

»Welche Frau meinst du denn, die in der Wohnung oder die hier auf dem Hocker?«

Jim lachte lauter und lallte noch ein paar unverständliche Dinge, dann redete er wieder normal.

»Der Erfolg und mein Geld machen es möglich, dass ich mehrere Frauen habe.«

»Bist du zu den Mormonen konvertiert?«

»Quatsch«, war seine Antwort.

»Mensch, komm wieder auf den Boden, die Arbeit wartet. Du hängst für Henry Green schon zwei Wochen hinterher.«

»Woher willst du das wissen?«

»Den Auftrag bekamst du nach meiner Empfehlung. Ich hatte versprochen, dass ich dir helfe.«

Jim wurde laut. »Ich kann mir die Aufträge selber holen, ich bin wer. Was meint ihr, meine Freunde an der Bar? Bin ich nicht gut?«

Es kam eine allgemeine Zustimmung von allen Seiten. Einer der Kerle steuerte auf Sue zu. »Los, verzieh dich, du bist hier nicht erwünscht. Hau ab nach Beverly Hills.«

Sue war eine Kämpferin, der kam ihr gerade recht.

»Das muss ich mir von einem Säufer nicht sagen lassen, nimm das zurück!«

Der Typ packte Sue am Arm und wollte sie aus der Kneipe werfen. Aber sie beherrschte die Selbstverteidigung, und nach wenigen Griffen lag er auf dem Boden.

Jims Kumpels reagierten ziemlich sauer und nahmen eine bedrohliche Stellung ein.

»Hört auf, stopp!«, brüllte Jim, doch die Dinge nahmen ihren Lauf.

Er konnte noch einen Kerl abwehren, aber der andere warf eine Flasche nach Sue und traf sie am Kopf. Sie schrie auf vor Schmerz und ging in die Knie. Jim erreichte sie, wurde aber sofort wieder abgedrängt. Sue kam auf die Beine und drückte die Hand auf die Wunde. Im allgemeinen Tumult erreichte sie den Ausgang und taumelte ins Freie.

Wie durch einen Nebel sah sie Jim, den irgendwelche Männer aus der Bar hinauswarfen, ihn wieder anhoben und wegzerrten. Er konnte sich schließlich losreißen und rannte davon.

Sue blutete und taumelte zu ihrem Auto. Sie schaffte es, sich zu verbinden und fuhr langsam los. Später, im Krankenhaus, wurde die Wunde genäht, und nach einigen Untersuchungen durfte sie heim.

Die Fernsehsendungen, in denen sie hätte auftreten sollen, verfolgte Sue von zuhause aus.

Jessica rief an. »Hallo, wie geht's dir?«

»Ich bin frustriert. Überall sind meine Filmpräsentationen, auch im Radio, und die Hauptdarstellerin fehlt. So ein verdammter Mist.«

»Sei froh, dass die Sache in der Bar so glimpflich abgelaufen ist, es hätte für dich noch schlimmer kommen können. Hör mal, da hat ein Kerl angerufen, habe ihn kaum verstanden. Er wollte dich sprechen, murmelte etwas von Entschuldigung.«

»Ach, der liebe Jim.«

»Ja, so hieß er.«

»Der kann mich mal, ich bin stocksauer.«

Jessica schwieg kurz. Dann fragte sie: »Ist es der Drehbuchschreiber?«

»Genau der.«

»Der Typ hat sogar ein Fax geschickt, dass er sich vielmals entschuldigt und schon länger wieder arbeitet, ohne die Sauferei.«

»So, so, lass uns das Thema wechseln. Was machen die Kritiker?«

»Sie sind voll des Lobes, du hast verdammt gut gespielt. Vor allem die Journalisten waren auf deiner Seite, das riecht nach einem Golden Globe. Und dann ist der Oscar auch nicht mehr weit.«

»Das wäre toll. So, ich lege mich wieder hin, bis demnächst.«

Der Film hielt sich in den USA zehn Wochen an der Kinospitze. Es war Sues Comeback, eine neue Karriere. In ihrem Büro studierte sie in aller Ruhe verschiedene Filmangebote und Drehbücher. Jede Menge Auswahl.

Das Telefon schellte und Sue nahm seufzend den Hörer ab.

»Henry Green hier.«

»Hallo, Henry, wie geht es dir?«

»Ja, gut bis sehr gut. Ich habe von der Sache in der Bar gehört, du hattest wohl mehrere Schutzengel.«

»Stimmt, Glück im Unglück. Ich hatte dir doch

einen Skriptschreiber empfohlen, Jim Hunter, wie war seine Arbeit?«

»Nun, er war mehrere Wochen im Rückstand, hat dann aber mächtig aufgeholt. Das kommt vor. Aber seine Ideen sind gut. Ich habe sein Honorar gekürzt und er war damit einverstanden. Gegenwärtig habe ich jemand anderen beauftragt, ein neues Projekt, aber Jim ist noch in meinem Team.«

»Das freut mich, ich hatte dir den Mann empfohlen, daher meine Neugierde.«

Green war einen Moment still, er dachte wohl nach.

»Ich glaube, der Autor arbeitet gegenwärtig für ein Independent Film-Projekt. Carl Schneider, ein angesagter Regisseur, hat da etwas erwähnt.«

»Danke, Henry, auf bald.«

Sue schaute auf ihren Terminplaner. Es gab keine Ausrede mehr, jetzt war Vince Brown an der Reihe. Sie rief ihn an.

»Hallo, mein Gönner, Lust auf Mexiko?«

»Mit dir immer. Wie wäre es diesen Donnerstag, wir wären am Montagmorgen wieder in L.A.?«

»In Ordnung, Vince. Hotel, Flugtickets?«

»Besorge ich alles. Bis demnächst, Sue.«

Die Hotelanlage gehörte zu der besten der Welt, Vince hatte sich den Trip etwas kosten lassen. Die Nacht verbrachten sie in einem Schlafzimmer, das so groß war wie ein normales Apartment.

Zum Frühstück, das sie sich aufs Zimmer hatten bringen lassen, nippte er an seinem Orangensaft.

»Es ist früh am Morgen und schon bekommst du meinen Heiratsantrag. Der letzte ist schon ein Jahr her, wie findest du das?«

»Es klingt aufregend, exotisch und sexy.«

»Und was ist deine Entscheidung? Ich meine, wir kennen uns schon länger, eigentlich eine überflüssige Frage.«

»Heiraten muss gut überlegt sein, die Frage ist schon berechtigt.«

»Dann kenne ich auch deine Antwort. Ich muss wohl wieder zwei Jahre lang warten.«

Vince goss sich einen Whiskey ein. »Sue, warum das Versteckspiel? Wir passen zusammen.«

Sie musste intensiv nachdenken und durfte jetzt nichts Falsches sagen. Vielleicht brauchte sie Vince wieder, beziehungsweise seine Millionen.

Langsam zündete sich Sue eine Zigarette an und bog den Hals nach hinten, als seine Hand durch ihre Haare fuhr.

»Gib mir etwas Zeit. Ich habe gerade viele Filmangebote, bin im Moment aber solo. Daher stehen deine Chancen nicht schlecht.«

»Endlich eine gute Nachricht. Das gibt mir Mut, bei dir dranzubleiben.«

Wie zufällig schaute Sue hinunter auf das Nachbarapartment und erstarrte.

»Verdammt, jede Menge Fotografen und ich oben ohne am Frühstückstisch.«

Ohne Hektik zog sie sich eine Bluse über, dann schlich Sue langsam zum Fenster und schaute zu den Fotografen hinunter.

»Vince, Darling, du hast denen einen Tipp gegeben, um deine Kosten wieder reinzuholen. Hast du das nötig?« Sie war ziemlich sauer.

»Nun ja, ich gebe zu, eine kleine Info herausgelassen zu haben, aber dass so viele kommen, war nicht geplant.«

»Vince, du enttäuschst mich, wolltest du mich damit erpressen?«

Er drehte den Kopf und schaute aufs Meer hinaus.

»Sue, nein, sei nicht eingeschnappt. Es sind nur ein paar Fotos von dir, das bist du doch gewöhnt.«

Sie zündete sich wieder eine Zigarette an und blies den Rauch in sein Gesicht.

»Hör mal, in ein paar Tagen sind wir beide ganz groß in den Journalen, die Regenbogenpresse wird triumphieren. Das war deine schlechteste Idee, seit wir uns kennen. Aber ich bleibe noch bis heute Abend, dann nehme ich einen Flieger nach L.A.

Am Abend des nächsten Tages war Sue zurück in ihrem Büro und es kam so, wie sie vermutet hatte. Die gesamte Presse stürzte sich auf die Fotos und dem anscheinend neuen Partner. Ihr Rechtsanwalt hatte jede Menge zu tun, und Sue entschloss sich, das Ganze einfach auszusitzen. Jessy brachte bergeweise Post und Kuverts in ihr Büro.

»Du bist wieder da, es gibt viel zu tun. Schau, diese Ablage hier, das sind alles Briefe und Faxe von Jim Hunter. Will er dich heiraten?«

»Dass ich nicht lache, der Typ hat die Schlägerei

damals angezettelt. Ach, was weiß ich, so ein Dummkopf.«

Sue überlegte und schob sich den Freundschaftsring wieder auf den Finger.

Es war Herbst geworden und ihre Bankkonten waren gut gefüllt, auch Vince hatte sein Geld erhalten.

Henry Green kam vorbei und machte den Vorschlag für einen weiteren Film, das wären dann insgesamt drei, denn für zwei hatte Sue schon zugesagt. Sie kenne doch diesen guten Autor, sagte Henry, der solle sich nochmals ins Zeug legen.

Als ihr Besucher weg war, ging sie zu ihrem Schreibtisch und holte die Adresse von Jim heraus.

Zwei Bodyguards begleiteten sie zu seiner Wohnung in L.A. Sue läutete, aber keiner war da, doch der Briefkasten war geleert worden.

Sie klopfte an die Nachbarstür und eine ältere Frau machte auf. Ja, Herr Hunter wäre gegenwärtig nicht da und sie würde die Post holen.

Wo er denn sei, fragte Sue.

Mürrisch meinte die Alte, dass Jim nach Hause gefahren wäre. Sue bedankte sich.

Zurück im Büro wählte sie Lauras Nummer, diese nahm ab.

»Hier spricht Sue Allen.«

»Hallo, freut mich, dich mal wieder zu hören. Alle reden von dir, Film, Fernsehen, Zeitschriften, und überall deine Bilder.«

»Na ja, halb so wild. Die übliche Werbung und der sogenannte Starrummel. Du, ich hatte großen

Ärger mit Jim und weiß nicht, was ich machen soll. Ist er bei euch?«

»Ja, seit zwei Wochen ist er in seinem Haus und arbeitet. Scheinbar hat er einen Auftrag an Land gezogen, und zwar für eine Independent-Produktion.«

»Trinkt er oder nimmt Rauschgift?«

»Nein, keine Spur. Aber in L.A. muss es heftig gewesen sein. Jetzt arbeitet er hart, um wieder ins große Geschäft zu kommen. Ab und zu taucht er in der Bar auf. Falls es dich interessiert, also, er hat keine Freundin.«

»Das klingt gut, ich denke, dass ich mich mal wieder bei euch sehen lasse. Habt ihr gerade ein Fest?«

Die Tage vergingen. Laura besuchte Jim, um ein größeres Chaos in seinem Haushalt zu verhindern. Er redete nicht viel, aber ihr Blick fiel auf den Ring an seinem Finger.

»Was, du bist verlobt? Kenne ich die Frau?«

»Oh, Laura, lassen wir das Thema.« Jim vertiefte sich in seine Arbeit.

»Willst du mir nicht wenigstens davon erzählen?«

»Der Ring ist von Sue. Sie gab ihn mir, als ich in L.A. anfing. Das war eine schöne Zeit und ich war damals sehr glücklich.«

Laura wurde ernst. »Jim, was ist aus euch beiden geworden? Das ist jetzt ungefähr ein Jahr her.«

»Ich verlor Sue, die ich liebte, durch Suff und Dummheit. Dafür habe ich meine Lektion erhalten.«

Laura wandte sich zum Gehen.

»Die Jungs in der Bar warten auf dich. Komm, gehe mit mir unter die Leute.«

»Mir genügt meine Arbeit. Lass mich in Ruhe.«

Laura wurde nachdrücklicher: »Komm endlich mit, Dummkopf, die anderen vermissen dich.«

In der Bar war eine gute Stimmung, Jim setzte sich an einen freien Tisch und schaute in die Runde. Benny war hier, auch Fred, Willi und die schöne Helen. Jim fühlte sich gut. Er schaute nach links, an dem Tisch saß eine Frau ohne Begleitung. Wahrscheinlich jemand Fremdes.

Er schaute genauer hin und erschrak, denn Sue lächelte freundlich zurück. Verlegen starrte Jim auf den Boden und rührte sich nicht.

Sue hingegen schien mutiger. Sie stand auf, kam zu ihm an den Tisch, ein Stuhl war frei, und setzte sich.

»Hallo, Jim, ich denke, ohne Verband sehe ich wieder ganz passabel aus.«

Jim fühlte, wie er rot wurde und entgegnete leise: »Es tut mir so leid. Ich war damals nicht gut drauf und habe Mist gebaut. Die Kumpels waren keine Freunde, sondern gefährliche Typen. Ich habe es zu spät erkannt.«

Sue sah ihm in die Augen, dann auf seine Hände. »Du trägst unseren Ring?«

»Ich habe ihn nie abgelegt. Aber was ist mit Vince Brown?«

»Eine eher geschäftliche Sache, es ist vorbei.«

Sie lächelte ihn an und sagte: »Jim, es gibt viel Arbeit. Neue Filme, neue Ideen. Du bist mit an der Spitze von Hollywood, machst du weiter?«

»Ja, aber nur mit dir. Ich liebe dich, seit langem schon.«

Sue nahm seine Hand, ließ sich etwas Zeit und sagte: »Gut, wir machen den Versuch, dann ernenne ich hiermit die Freundschaftringe zu Verlobungsringen.«

Der lange Kuss von Sue war wirklich wundervoll.

Ein Kaffeekränzchen

Vor einiger Zeit trafen sich vier alte Damen jeden Mittwoch im Café Ludwig. Margit, Hilde, Klara und Hedwig brachten gemeinsam schon an die dreihundertfünfzig Jahre zusammen.

»Wisst ihr«, meinte Klara, »ich habe mich immer an der Franziska Hellmer orientiert. Die ist vierundneunzig und geht noch ohne Stock.«

»Vierundneunzig, o Gott, will die denn gar nicht sterben? Hat doch wirklich schon lange genug gelebt«, ereiferte sich Hedwig.

»Das ist doch gar nichts, die Margarete Vollmer ist neunundneunzig geworden«, erklärte Klara.

»Aber sie ist vor zwei Monaten gestorben«, stellte Hedwig fest.

»Ja, ja, aber überlege doch mal, neunundneunzig! Und die Beste hat bis zum Schluss noch ihren Hund versorgt.«

»Aber neunundneunzig, das ist viel zu lange«, sagte Hilde, sie war achtundachtzig. »Zweiundneunzig finde ich noch in Ordnung, aber länger, da wird man doch dement.«

»Na hör mal«, meldete sich Margit, »bin ich etwa krank? Ich bin dreiundneunzig und lebe alleine in meiner Wohnung.«

Hilde ließ nicht locker. »Aber deine Tochter versorgt dich doch, liebe Margit.«

»Nein, nein, die tut bloß putzen. Alles andere mache ich noch. Lass dir das gesagt sein, liebe Hilde.«

Empört kaute die Zurechtgewiesene an ihrer Schwarzwälder Kirschtorte.

Margit kam ins Schwärmen. »Aber unser Kaiser damals, das war ein fescher Mann. Als Kind habe ich ihn gesehen, hoch zu Ross. Mit einer schneidigen Uniform. Gott, sah das gut aus.«

»Das kannst du doch gar nicht mehr wissen, es ist viel zu lange her.«

»Was weißt du denn, Hilde? Du warst damals noch ganz klein, das war, ja, wann war das nochmal?«

Es entstand eine Pause.

»Es war neunzehnhundertfünfzehn, jawohl. Ich war damals zehn Jahre alt und sah den Kaiser hoch zu Ross. Hilde, da warst du erst fünf Jahre alt. Ähm, stimmt doch, Hedwig, habe ich Recht?«

»Ja, ja, Margit, das ist richtig. Meine zwei Brüder mussten zum Heer. Der Heinrich wurde im Krieg verwundet, aber Otto hat es gut überstanden. Einmal war vor Verdun ein Gasangriff, aber er hatte Glück.«

»Die Schwarzwälder schmeckt heute wirklich gut, oder?«, meinte Klara, die anderen nickten.

»Die Hellmer hat noch alle ihre Zähne«, sagte sie.

»Ach was, ich glaube der das nicht. Die gibt bloß an mit ihrer Gesundheit.«

»Aber, Margit, sie hat noch keinen Stock oder Rollator«, stellte Klara fest. »Hellmers hatten ein Gut in Ostpreußen und mussten vor den Russen flüchten. Haben alles verloren, so was.«

»Wir kamen aus Schlesien, mein Vater war Bergmann. Auch wir mussten alles aufgeben und waren froh, im Westen zu sein«, erzählte Hedwig.

»Ja, ja, der unselige Krieg. Das haben die in Berlin gemacht, der Hitler und der Göring«, empörte sich Margit und hob den Finger. »Der Kaiser hätte aufpassen müssen, dass so ein Gefreiter nicht nach oben kommt. Der hat doch alles angerichtet, der aus Österreich.«

»Siehst du. Margit, du bringst mal wieder alles durcheinander. Es waren doch der Hindenburg und der Reichstag, die den Hitler haben machen lassen.«

»Ach ja, wirklich? Natürlich, du hast Recht.«

Die Kuchen waren soweit gegessen, aber das Damen-Quartett entschloss sich noch zu einer Obsttorte.

»Die Währungsreform hat das neue Geld gebracht, da ging's wieder aufwärts. Und der Theodor Heuss war ein ganz angenehmer Politiker«, erzählte Hilde. »Wisst ihr, mein Mann, der Karl, hatte eine kleine Fabrik bei Freiburg. Die Maschinen waren im Krieg ganz geblieben, und er konnte nach der Währungsreform wieder produzieren.«

»Ach, ihr hattet eine Fabrik?«, stellte Hedwig neidisch fest. »So viel Glück hatte ich nicht. Mein zweiter Mann war Schreiner, er ist vor zwölf Jahren gestorben.«

»Meiner ist auch mit achtundsiebzig gegangen«, erklärte Klara, »war zum Schluss ganz schwach.«

Hilde und Margit tuschelten miteinander, dann fragte Hilde: »Du, Klara, wie geht es denn dem Golo Schmitt?«

»Wie kommt ihr denn auf den? Na, so was!«, entrüstete sich Klara.

»Der Golo ist doch ganz fesch mit seinen achtundachtzig, immer im dunklen Anzug. Stimmt doch, Klara?«, fragte jetzt Margit.

»Ja, wenn ihr meint …«

»Weißt du, liebe Freundin«, sagte Hilde, »du solltest keine Geheimnisse vor uns haben. Wir erfahren doch alles.«

»Soso, na ja. Der Golo und ich treffen uns ab und zu. Auf dem Seniorennachmittag.«

»Nur da, bist du sicher?«

»Liebe Margit, ich glaube, du gönnst mir den Golo nicht? Hättest ihn auch gerne als Freund?«

»Ach was, den kannst du behalten. Der ist doch schon so alt.«

»Na, hör mal«, ereiferte sich Klara, »der ist viel jünger als du.« Sie holte tief Luft. »Der Golo und ich wollen vielleicht heiraten.«

»Was!?«, schrien die anderen gleichzeitig, und Margit ließ nicht locker: »Das kann doch nicht dein Ernst dein. So einen alten Mann zu heiraten. In deinem Alter? Das schickt sich nicht.«

»Ihr seid ja nur eifersüchtig, jawohl, richtig eifersüchtig. Der Golo und ich haben neulich auf dem Seniorentanz darüber gesprochen. Wir wollen unser Verhältnis legalisieren.«

»Ach Gott, ach Gott«, riefen Hilde und Margit gleichzeitig aus, und Hilde stöhnte fassungslos: »Und wollt ihr auch noch Kinder?«

»Aber vielleicht haben wir ja schon welche?« Klara blinzelte spitzbübisch.

Zwei Frauen

Jan Sievert stieg in den Zug nach Hamburg, um nach Hause zu fahren. Er wollte seiner Frau einen Seitensprung beichten. Seit knapp einem Jahr war er nicht mehr daheim gewesen, seine Arbeit hatte ihn voll beansprucht. Nur an Sonntagen hatte er frei. Nicht, dass er auf ein Bettabenteuer aus gewesen wäre, aber manchmal ergaben sich die Dinge. Natürlich hätte er sich zurückziehen können, einfach »nein« sagen, aber wer tat das schon?

Er schaute aus dem Zugfenster und dachte an die erste Begegnung mit Stella.

Eines Abends war er in Berlin Mitte unterwegs gewesen und landete schließlich in einer italienischen Bar. Mehrere Tische waren frei, Jan setzte sich und las in seiner Zeitung.

»Was darf ich Ihnen bringen?«

Er schaute auf und bekam große Augen. Eine sehr gutaussehende junge Frau stand vor ihm, sie war schlank, hatte mittellange braune Haare und grüne Augen.

»Bedienen Sie hier?«

»Ja, selbstverständlich. Sonst würde ich Sie nicht fragen.«

Was für eine Top-Frau in solch einer Bar, dachte Jan ergriffen. Dann gab er sich einen Ruck.

»Bitte einen Espresso und ein Mineralwasser.«

»Kein Problem«, sagte die Schönheit und verschwand.

Kurz darauf war sie wieder zurück und stellte die Getränke auf seinen Tisch.

Fieberhaft suchte Jan nach einem Gesprächsthema. »Gibt es die Bar schon lange?«

»Seit drei Jahren, die Besitzer haben mehrfach gewechselt und mit ihnen die Konzepte.«

»Ich bin fast ein Jahr in Berlin, habe aber keine Kneipe zweimal besucht.«

»Ja, die Auswahl ist groß. Was machen Sie hier?«

Eine innere Stimme wollte verhindern, der Schönen mehr zu erzählen, aber irgendetwas in ihm hatte die besseren Argumente. Jan besaß keine Freunde in Berlin, und Sabine, seine Frau, war in Hamburg und voll mit ihrer Galerie beschäftigt. So stand es eins zu null für die Bedienung.

»Ich bin Projektleiter im Anlagenbau. Meine Firma hat einen Auftrag hier bei der Wasserversorgung. Das dauert bestimmt noch zwei Jahre.«

Die Schöne legte den Kopf schräg. »Haben Sie Freunde in Berlin?«

»Nun, eben meine Arbeitskollegen.«

»Ich heiße Stella und habe verschiedene Jobs, damit das Geld reicht.«

»Ich bin Jan, freut mich, Stella.«

Sie schaute sich um. »Ich muss jetzt weiterbedienen, aber bevor du gehst, reden wir noch einmal. Vielleicht können wir uns morgen treffen, Sonntagvormittag habe ich frei.«

Jan wusste nicht, was er sagen sollte. Natürlich war er begeistert, eine junge Frau zu treffen, die so toll aussah.

In seinem Kopf meldete sich eine Stimme, das war Sabine. Er kämpfte mit sich, aber Stella gewann.

»Eine gute Idee, Sonntag ist bei mir auch frei.«

»Prima«, meinte sie. »Dann treffen wir uns morgen um elf beim Brandenburger Tor. Das kann man nicht übersehen.«

Beide lachten, und sie arbeitete weiter.

Jan schaute aus dem Zugfenster, die Häuser und Bäume rasten vorbei.

Ja, so hatte er Stella kennengelernt. Und die Beziehung zu ihr hatte sich langsam entwickelt. Er wollte sich nicht in Schutz nehmen, aber Sabine hatte, wenn er mal zuhause anrief, kaum Zeit für ihn gehabt.

Stella und er trafen sich also am nächsten Tag am Brandenburger Tor.

»Wie findest du Berlin?«, begann sie die Unterhaltung.

»Die Stadt pulsiert, viele Künstler und Kreative leben hier. Aber in zehn Jahren sieht man mehr, Berlin braucht noch Zeit.«

Stella erzählte von sich und dass sie verheiratet war, aber von ihrem Mann getrennt lebte. Und ein Kind war auch da.

Jan schaute auf. »Und wo ist der kleine Mensch jetzt?«

»Meine Eltern haben den Nachwuchs übernommen.«

Stella sah Jan in die Augen und erzählte weiter,

sie brauche jemand, auf den sie sich verlassen könne. Nicht unbedingt fürs Bett, aber um Kaufverträge zusammen durchzugehen und zum Reden.

Jan überlegte nur kurz, er hatte innerlich schon »ja« gesagt. Da sei noch eine Sache, meinte er, zwar sei er verheiratet, aber mehr auf dem Papier. Seine Frau wäre in einer Galerie sehr engagiert und er habe sie seit Monaten nicht mehr gesehen.

»Gut, dann steht es ja eins zu eins, beide verheiratet, aber vom Partner getrennt.« Stella sagte das mit einem Lachen.

Jan nickte und lud sie zu einem Mittagessen ein, was bei ihr sehr gut ankam. Dann trennten sie sich, und die Schöne eilte zu ihrem nächsten Job als Babysitterin.

Drei Tage später trafen sie sich wieder, und Stella hatte einen großen Ordner mit Verträgen und Rechnungen dabei. Sie gingen in ein Restaurant, wo es einen Tisch mit viel Platz gab. Jan erklärte ihr die Verträge und es kam heraus, dass sie keine Ausbildung hatte. Ihr Partner und sie hatten Hals über Kopf geheiratet und Schulden gemacht. Als ihr Mann arbeitslos wurde, brach das finanzielle Dach zusammen. Ihre Eigentumswohnung mussten sie wieder verkaufen, beide sahen ihr Scheitern ein und man trennte sich. Ihr Exmann hatte in München Arbeit gefunden und gemeinsam zahlten sie die Schulden ab.

Vor lauter Reden war es Abend geworden, und Jan lud Stella noch zum Essen ein.

Am folgenden Tag hatte Jan endlich seine Frau am Telefon. Es gab Streit, weil sie so gut wie nie erreichbar war und sich auch nicht gemeldet hatte.

»Was ist los mit uns beiden?«, brach es aus ihm heraus.

Sabines Antwort war ernüchternd. »Ich arbeite viel mit Axel Steingart zusammen, er ist Spezialist für Galerien. Wir sind uns durch die Arbeit nähergekommen.«

Es kochte in Jan. Er war vermögend und hatte seiner Frau die Galerie gekauft, sie war jetzt Inhaberin. Denn nach ihrem Kunststudium hatte sie keine Arbeit gefunden. Und als Dank ging seine Ehe langsam kaputt, dieser Axel war ein fieser Schleimbeutel.

Jan kommentierte: »Ich finde diese Entwicklung nicht gut. Sollen wir uns nicht gleich scheiden lassen?«

»Das ist Unsinn, wir bleiben zusammen. Axel und ich sind nur gute Kollegen.«

Aber Jan ahnte den Grund, und der waren seine fünf Millionen, auf die die liebe Sabine nicht verzichten wollte. Verdammt, da war ihm Stella irgendwie lieber.

Am Abend traf er seine neue Freundin in der Stammkneipe.

Stella gab ihm ein Küsschen, er lächelte und meinte: »Meine Frau hat ein Verhältnis mit einem Galeristen. In dem Laden, den ich für sie finanziert habe.«

»Vielleicht macht sie eine schwierige Phase durch?«

»Liebe Stella, diese Phase heißt Axel Steingart, und mir scheint, ich bin dabei überflüssig.«

Sie lächelte ihn an und flüsterte: »Dafür hast du mich jetzt bekommen, ein ausgleichendes Schicksal. Übrigens finde ich dein Hemd toll, ich stehe auf Dunkelblau.«

»Ja, es ist meine Lieblingsfarbe. Sag mal, besitzt du eigentlich einen Führerschein?«

»Leider nicht«, antwortete Stella. »Das Ding war mir einfach zu teuer. Aber wenn ich später mal arbeite, wäre eine Fahrlizenz ganz praktisch, um nicht nur auf den öffentlichen Nahverkehr angewiesen zu sein. Apropos arbeiten, jetzt haben wir ein wichtiges Thema: Ich möchte gerne eine Berufsausbildung machen.«

»Eine gute Idee«, meinte Jan. »Stella, du bist mein Typ und ich finde dich wirklich toll. Also werde ich dir helfen. Wohin geht deine Begabung, deine Leidenschaft?«

Stella tat so, als hätte sie einen Fotoapparat in der Hand. »Bitte fröhlich lächeln, noch einmal und zum Dritten. Was könnte das für ein Beruf sein, Jan?«

Er lachte und schnitt ein paar Grimassen, Stella »fotografierte« wieder.

»War das jetzt gut? Du tendierst also zur Fotografie? Möchtest du vielleicht in den Fashionbereich oder mehr Portraitaufnahmen machen?«

»Ja, du liegst richtig, die Mode würde mich natürlich mehr interessieren als im Fotostudio Ehepaare aufzunehmen. Du, das ist doch ein normaler Ausbildungsberuf?«

»Soviel ich weiß, ja, man lernt dort die Hardware, also die Fotoapparate, als auch die gebräuchliche Software kennen. Dazu natürlich noch das Kaufmännische. Komm, wir essen jetzt eine Kleinigkeit und reden später weiter.«

Jan bekam für seine Hilfe ein Küsschen von Stella.

»Finde ich toll, dass du mir beistehst«, sagte sie.

Die beiden bestellten sich Currywurst mit Pommes, und während sie aufs Essen warteten, erzählte Jan von seinen Hobbys, das waren Segelfliegen und Tauchen. Um Berlin herum gab es für die Piloten einige Flugplätze, die Sache mit der Thermik, das hieß Aufwinde, war hier leider nicht so ausgeprägt. Die Piloten ließen sich dafür einfach mit einer Winde hochziehen, kreisten eine Zeitlang über dem Flugplatz und landeten wieder.

»Kann ich da auch mal mitfliegen? Das interessiert mich brennend.«

»Natürlich, Stella, beim nächsten Mal bist du mit dabei.«

Plötzlich fiel ihre Serviette herunter, beide bückten sich danach und stießen mit ihren Köpfen zusammen.

»Jan, du hast einen Betonschädel.«

»War das jetzt ein Kompliment?«

Sie lachten, er streichelte ihren Kopf und Jans neue Freundin fühlte sich offenbar gleich besser. Denn er bekam ein Küsschen, und gleich darauf wurde das Essen gebracht. Er erzählte jetzt einiges vom Tauchen und Stella hörte interessiert zu. Sie redeten bis in die Nacht, gerade über Fotografie und Digitalisierung.

Jan wollte Stella dann nach Hause bringen, aber sie lehnte ab. Arm in Arm gingen sie zur S-Bahn-Haltestelle, er bekam einen Abschiedskuss und sie stieg ein.

Am nächsten Wochenende waren sie zu Besuch auf einem Pferdehof, es war der Wunsch von Stella. Schon als Kind fand sie die Ponys ganz toll und jetzt nahm sie einfach eine Reitstunde. Das Pferd ging im Kreis, die Reitlehrerin war ständig dabei und nach fünfundvierzig Minuten war der Unterricht zu Ende.

Den darauffolgenden Sonntag befanden sie sich auf einem Segelflugplatz. Jan steuerte den Flieger und Stella war Kopilotin. Sie waren mit der Winde auf zirka fünfhundert Meter Höhe gekommen.

»Das ist ja ganz toll, eine Superaussicht bis nach Berlin.«

»Ja«, rief Jan ans Ende des Glascockpits. »Wir haben heute Glück mit dem Wetter. So, das Flugzeug muss langsam wieder runter, wir drehen noch eine Runde. Sonst reicht unsere Höhe nicht mehr und wir müssen irgendwo auf einem Acker landen.«

Die Tage vergingen, entweder waren sie reiten, auf dem Flugplatz oder wandern. Als sie im Grunewald unterwegs waren, hakte sich Stella bei Jan ein, beide suchten die Nähe des anderen, und bald darauf gaben sie sich den ersten langen Kuss.

Am Abend hing er seinen Gedanken nach und sie fragte, was los sei.

»Ja«, meinte er, »da gibt es eine Art von Hunger, der bleibt auch, wenn man etwas gegessen hat.«

Sie lachte. »Ich vermute, ich habe verstanden. Das gehört aber nicht unbedingt zu unserem Freundschaftsverhältnis.

»Sicher«, brummte Jan vor sich hin und schaute verlegen auf den Boden.

»Aber ich gestehe, dass ich innerlich auch so einen Hunger verspüre, wollte das aber nicht zugeben.« Stella zeigte sich nachdenklich und kräuselte ihre Lippen. »Die Notärztin ist nach Abwägen zu einem Einsatz bereit, gehen wir zu dir?«

»Gerne, das wird sicher gut mit uns beiden.«

Jan hatte eine große Dreizimmerwohnung, Stella schaute sich alles in Ruhe an und blieb bei einem großen Sofa stehen.

»Komm, Casanova, die Couch wartet auf uns.«

Wie sie so vor ihm lag, fragte Jan, warum sie nicht als Model arbeitete? Stella zwickte ihn in eine empfindliche Stelle, er ächzte, und ihre Antwort war, sie hätte es schon versucht, wäre aber nicht fotogen genug. Stella drückte Jan sanft aufs Sofa und es ging in die nächste Runde.

Jans Gedanken wanderten zurück in die Gegenwart, es dauerte noch eine Stunde bis nach Hamburg. Sollte Sabine den Namen Axel Steingart häufiger erwähnen, wäre das schon ein Scheidungsgrund. Soviel Jan wusste, war der Mann ebenfalls vermögend, vielleicht wollte Sabine die Seiten wechseln. Sie hätte ihn in Berlin auch mal besuchen können, aber auf den Gedanken war seine Frau nicht gekommen. Sollte er um seine Ehe kämpfen oder die Beziehung einfach beenden?

Jan schaute aus dem Fenster und das Bild von Stella zog ihn wieder in die Vergangenheit.

Im Lauf der nächsten zwei Wochen hatte das Wasserprojekt seines Arbeitgebers gute Fortschritte gemacht und Jan bekam jetzt auch samstags frei.

Stella hatte sich, wie schon besprochen, für eine Lehre als Fotografin entschieden und wollte damit beginnen, sobald die Schulden abbezahlt waren. Vorerst hatte sie aber noch mehrere Jobs und Jan schlug vor, alle Verbindlichkeiten mal zusammenzurechnen, er würde einen Teil davon übernehmen.

Je nach Lust und Laune landeten die beiden auch mal im Bett, und es machte Spaß. Jan fragte aber jedes Mal an, ob Stella die Pille genommen hätte.

Am folgenden Sonntag waren sie in einem Restaurant am Kurfürstendamm, das Thema kam auf Ehe und Heiraten.

Jan fragte vorsichtig an, ob sich Stella nicht scheiden lassen wolle. Sie wisse ja von seiner ziemlich lädierten Beziehung zu Sabine. Heiraten könne er Stella deshalb nicht, oder noch nicht, aber trotzdem hätten sie beide eine schöne Zweisamkeit.

Stella dachte nach und nickte, die Zeit wäre nun

da. Ihr Noch-Ehemann hatte ihr geschrieben, er hätte in München eine Frau kennengelernt und wolle daher frei für eine neue Partnerschaft sein. Er würde alles Notwendige in die Wege leiten. Stella hatte der Scheidung schriftlich zugestimmt und auch, dass sie beziehungsweise ihre Eltern sich um das gemeinsame Kind kümmern würden.

Nach weiteren drei Wochen war es Mitte Oktober, langsam kam Weihnachten in Sicht. Jan und Stella waren glücklich miteinander und sie entschloss sich, bei ihm einzuziehen.

Wieder einmal machte er sich Gedanken um seine Ehe und entschied kurzfristig, in der nächsten Woche seine Eltern in Hamburg zu besuchen. Aber ein Treffen mit Sabine war nicht geplant. Stella war einverstanden.

Doch am selben Abend meldete sich überraschend die Noch-Ehefrau aus Hamburg. Endlich wollte sie ein Treffen mit Jan, um alles zu besprechen, wie sie sich ausdrückte.

»Gut so«, dachte er und wappnete sich innerlich gegen alle Unbill.

Jans Gedanken waren wieder in der Realität angelangt, langsam fuhr der Zug in den Hamburger Hauptbahnhof ein. Er nahm sich ein Taxi und buchte zunächst ein Hotel.

Später besuchte er seine Eltern, die sich freuten, ihren Sohn wiederzusehen. Sie waren so rücksichtsvoll, nicht nach Sabine zu fragen.

Aber Jan ahnte ihre Neugierde und berichtete von dem Treffen, das am morgigen Mittag stattfinden sollte. Dann würde es wohl nicht so gut stehen, erkundigte sich seine Mutter, die mit Sabine bestens ausgekommen war.

Jan schüttelte den Kopf und erzählte von den vergangenen Monaten ohne seine Ehefrau. Und er erwähnte den Namen Stella, aber mehr verriet er nicht.

Am Abend rief Jan in seiner Wohnung an, Stella war am Apparat.

»Jan, wir müssen etwas besprechen, bitte explodiere nicht gleich.«

»Du müsstest mich eigentlich besser kennen, oder?«

Mit ruhigen Worten erklärte sie, dass sie die Pille gewechselt hätte, er wüsste ja Bescheid.

»Ja, und?«

Nun hätte die neue Pille leider nicht sofort gewirkt und das scheinbar Unvermeidliche war passiert, sie sei schwanger. Letzte Woche hätte sie zwei Tests gemacht und die wären positiv ausgefallen.

Jan war sprachlos, doch nach einigen Augenblicken fand er die Fassung wieder. »Das ist ja eine große Überraschung.«

»Ja, für mich auch«, sagte Stella. »Aber ich kann unser Kind nur bekommen, wenn du mich unterstützt. Sonst muss ich abtreiben. Ich habe kein Geld, selbst für eine Minifamilie nicht.«

»Eine Abtreibung kommt nicht in Frage, ich kann dich und das Kind finanziell absichern. Aber eine Vermählung ist leider noch nicht möglich, du musst eine Wartezeit einhalten, und ich bin ja auch noch verheiratet.«

Es gab für Jan einen Kuss durch das Telefon, und er nahm sich vor, bald wieder bei ihr anzurufen.

Jan ging langsam durch sein Hotelapartment und dachte nach. Morgen würde man sehen, ob die Ehe mit Sabine noch Zukunft hatte. Jan hatte immer Kinder gewollt und jetzt erfüllte ihm Stella diesen Wunsch.

Nach dem Frühstück unternahm er eine kleine Tour durch Hamburg, dann war es Mittag. Sabine hatte ihn in die Galerie bestellt. Er ging hinein, einige Kunden waren noch in den Räumen. Seine Frau hatte sich auf die klassische Moderne und einige neue Künstler spezialisiert. Scheinbar lief der Verkauf gut.

Sabine entdeckte ihn. »Es freut mich, dass du gekommen bist. Wie gefällt dir die Galerie?«

»Nun, ich muss sagen, du hast ein Händchen für die Kunst. Verkaufst du auch einen Picasso?«

»Klar doch, aber nur als Lithografie, seine Ölgemälde sind unbezahlbar. Nicht weit weg von hier ist ein nettes Restaurant, ich habe zwei Plätze reserviert. Ist das okay für dich?«

Jan nickte und betrachtete Sabine etwas genauer. Entweder hatte sie zugenommen, was aber unwahrscheinlich war, weil sie immer auf ihre Figur achtete. Oder aber, er musste jetzt hart schlucken, sie war schwanger. Jan versuchte, sich nichts anmerken zu lassen. Vergeblich, denn sein Körper krümmte sich wie unter einem Schlag. Er fühlte, wie sich sein Gesicht für einen Moment vor Fassungslosigkeit verzerrte, dann hatte er sich wieder unter Kontrolle. Scheinbar hatte Sabine jemandem etwas gegeben, was sie ihm immer verweigert hatte: ein Kind.

Sie sah ihn an. »Hast du es schon bemerkt, mein Bäuchlein?«

Sabine machte eine Pause, und Jan konnte Luft holen, bevor sie weiterredete.

»Ich bin im sechsten Monat, es ist ein Junge.« Sie lächelte ihn an. »Sag mir, ob ich den Tisch abbestellen soll, wenn du deine Sprache wiedergefunden hast.«

Jan nahm sich Zeit für die Antwort. »Ich bin nur dermaßen überrascht, meine Liebe.«

Seine Bestürzung hatte sich verflüchtigt, er war gar nicht mehr wütend, es waren halt zwei Kinder gezeugt worden. Nun, eigentlich müsste Axel Steingart mit am Tisch sitzen, aber offensichtlich war er nicht hier. Da war irgendetwas passiert. Und er würde Sabine auch von Stella und ihrer Schwangerschaft erzählen, so lagen alle Karten auf dem Tisch.

Das Restaurant war stilvoll eingerichtet und der reservierte Tisch bot die Möglichkeit, von einem erhöhten Standort die anderen Gäste zu beobachten, ohne selbst gesehen zu werden.

Sabine bestellte Mineralwasser und einen leichten Weißwein. Sie nahm das Gespräch auf.

»Nun, wir haben uns längere Zeit nicht gesehen, dann fang ich mal an.«

Vor eineinhalb Jahren hätte die Arbeit in der Galerie begonnen, aber das Konzept sei noch nicht klar gewesen. Dann tauchte Axel Steingart auf, selbst Künstler und Galerist, und die Ausstellungsräume wurden auf seine Vorschläge hin verändert. Es wurde viel diskutiert, entworfen, umgestellt, aber es war ein großer Gewinn für die Galerie. Axel übte eine immer stärkere Anziehung auf Sabine aus und sie widersetzte sich nicht. Ihre Begeisterung für seine Kreativität wuchs, und so verschmolz das Berufliche mit dem Privaten und man landete schließlich im Bett.

Jan gelang es nicht, seine Enttäuschung zu unterdrücken, und fragte Sabine, ob er bei ihren Überlegungen je eine Rolle gespielt hätte.

Sie senkte den Kopf und meinte, dass zwischen künstlerischen Menschen eine besondere Verbindung existiere, und die hätte sie bei Axel gespürt.

Jan schüttelte den Kopf, mochte nicht glauben, was er hörte.

»Und die Million, die ich dir gegeben habe, spricht die nicht ein bisschen für mich?«

Sabine konterte mit beleidigtem Unterton: »Hast du vergessen, dass meine Eltern auch Millionäre sind?

»Stimmt«, lenkte Jan ein, »aber die geben keinen Cent für Kunst aus.«

Es entstand eine Pause, jeder fühlte sich vom anderen missverstanden.

Es war Jan, der das Gespräch wieder aufnahm.

»Was ist aus Axel geworden? Normalerweise müsste er jetzt dabei sein.«

Sabine senkte den Kopf und wirkte deprimiert. Sie holte tief Luft und schaute zu Jan auf.

»Der Künstler ist verheiratet, was er mir erst spät, kurz vor seiner Abreise, erzählt hat. Er lebt in London, hat eine Frau und zwei Söhne.«

»An eurem gemeinsamen Kind hat er kein Interesse?«

»Nein, kein bisschen. Er hat eher fluchtartig Hamburg verlassen, als ich ihm die Sache mit der Schwangerschaft mitteilte.«

Das Menü wurde serviert, und schweigend begannen sie zu essen.

»Das sieht gut aus«, meinte Jan und deutete auf die Erdbeeren.

»Stimmt, die kochen vorzüglich«, erwiderte Sabine und gab ihm einige von den Früchten.

Jan wusste jetzt über die Situation seiner Frau Bescheid. Ihre Eltern waren sehr konservativ, wahrscheinlich würden sie ihre Tochter nicht unterstützen. Ein uneheliches Kind war für die älteren Herrschaften das Letzte, was sie wollten. Es kam nun auf ihn an.

Er lenkte das Gespräch auf die Galerie, und Sabine zeigte sich wieder selbstbewusst.

Die Verkäufe gingen gut und erlaubten ihr, zwei oder drei neue Künstler aufzubauen. Dazu stünden andere Maler und Bildhauer, die sie vertrat, erfolgreich im Markt.

»Schön, dass die Galerie gut läuft«, sagte Jan anerkennend.

Sabine warf ihren Kopf in den Nacken, sie sah toll aus.

»Wenn du dein Geld willst, mein Lieber, kann ich dich ausbezahlen. Du siehst, ich habe etwas geleistet. Die Summe natürlich nicht auf einmal, aber in Raten.«

Er winkte ab und sagte, sie hätte die Karten offengelegt, dann würde er das auch tun. Wie es der Zufall wollte, hätte er in Berlin jemanden kennengelernt, eine junge Frau. Zuerst sei es nur Freundschaft gewesen, doch dann kamen mehr Gefühle ins Spiel und man wäre im Bett gelandet. Die Pille, die sie nahm, hätte wohl eine Zeitlang nicht abgedeckt, und Stella, das sei ihr Name, wäre schwanger geworden. Jan betonte ausdrücklich, dass sie ein Kind nicht geplant hätten. Aber Nachwuchs hätte er schon immer gewollt, und da sie, Sabine, ihm diesen Wunsch nicht erfüllt hatte, freue er sich nun auf das Baby. Er würde Stella nicht fallenlassen, sondern sich um Mutter und Kind kümmern.

Seine Ehefrau lachte trocken. »Du Mistkerl«, brach es aus ihr heraus, dann beruhigte sie sich. »Jan, obwohl wir verheiratet sind, hat sich jeder von woanders her ein Kind besorgt, spricht das für unsere Ehe?«

»Das kommt darauf an, wie eng man die Beziehung auslegt. Wir haben offensichtlich eine lockere Version akzeptiert. Oder einfach gelebt.«

Sabine verzog ihr Gesicht zu einer bösen Grimasse.

»Wegen irgendeines Flittchens lasse ich mich nicht scheiden, aber du kannst gerne diesen Schritt tun.« Hektisch würgte sie ihren Nachtisch hinunter.

»Liebe Sabine«, erwiderte Jan ernst, »Stella ist in Ordnung, sie ist zehn Jahre jünger als du und hat schon viel mitmachen müssen. Und sie verfügt über keine Millionen auf ihrem Konto.«

Jan bestellte zwei Espressos und Sabines Laune wurde merklich besser. Er musste lachen über diese Fügung des Schicksals, lange keine Kinder und jetzt zweimal Nachwuchs.

»Warum lachst du, Ehemann?«

»Weil ich beide Kinder akzeptieren werde, sofern es dir recht ist. Stella ist noch verheiratet, lebt aber getrennt. Ihr Kind kommt im August, deines im Januar. Sabine, ich habe genug Vermögen, um euch beiden ein schönes Heim bieten zu können. Was meinst du dazu?«

Sabine funkelte Jan böse an. »Du bist so ein Angeber, so ein Macho!« Ihr Stolz war hörbar gekränkt. »Somit bin ich quasi die Zweitfrau beim gnädigen Herrn. Hast du dir das so gedacht?«

Sabine richtete ihren Blick auf die Schiffe im Hafen. Sie musste jetzt wohl oder übel damit klarkommen, Jan dasselbe zuzubilligen wie sich selbst.

Nach einer Weile schaute sie wieder auf. »Ich nehme deinen Vorschlag an, obwohl ich hart schlucken muss. Aber gleiches Recht für alle, wir haben beide unsere Ehe ziemlich ramponiert. Ich würde Stella gerne kennenlernen, vielleicht lasse ich mich auf eine Dreierbeziehung ein.«

Jan war mehr als erleichtert, er hatte gepokert und gewonnen. Der Verstand hatte irgendwie gesiegt.

Er stand auf und rief Stella übers Handy an. Sie klang sehr erfreut, als er ihr sagte, dass er sie am nächsten Wochenende mit nach Hamburg nehmen würde. Sabine wolle sie gerne kennenlernen.

Am folgenden Samstag saßen die drei in einem Restaurant.

Stella stellte sich vor, erzählte von der gescheiterten Ehe und dass sie gerne professionelles Fotografieren erlernen würde. Sabine fand das gut und nahm die beiden mit in ihre Galerie, dort präsentierte sie einen ihrer neuen Künstler.

Am nächsten Tag trafen sie sich zum späten Frühstück in einem Café, jetzt erzählte Jan von seiner Arbeit in Berlin. Stella interessierte sich stark für die Sabines Galerie und fragte, ob sie ihr ein paar Fotografien präsentieren dürfte, die sie baldmöglichst machen wollte. Sabine stimmte zu.

Das Wetter zeigte sich von seiner besten Seite und so unternahmen die drei einen Bummel durch die Hamburger Innenstadt. Dann war es Zeit für den ICE und sie verabschiedeten sich mit dem Versprechen, in Kürze wieder zusammenzukommen.

Im Laufe vieler Wochen lernten sich die drei besser kennen, und als das Kind von Sabine das Licht der Welt erblickte, kümmerten sich Jan und Stella um das Baby.

Gerade Stella zeigte sich sehr engagiert, um von Louis, so hieß der Kleine, zu lernen. Denn Stellas Geburtstermin rückte auch in greifbare Nähe.

Als beide Kinder auf der Welt waren, gab es viel zu erzählen. Manchmal herrschte Diskussionsbedarf oder Streit wegen irgendwelcher Erziehungsfragen, aber die gemeinsamen Themen um die Kleinen waren wichtiger.

Außerdem ging Jans Job in Berlin langsam zu Ende, und Stella und er entschlossen sich, nach Hamburg zu ziehen. Das war, gerade für die Kinder, eine sinnvolle Entscheidung, weil der »Vater« jetzt greifbar war.

Im Lauf der nächsten Monate funktionierten die Beziehungen immer besser und alle zogen als Wohngemeinschaft in ein großes Haus nahe Hamburg.

Sabine kaufte sich einen Kombi, Stella erwarb den Führerschein und erhielt ebenfalls ein größeres Auto wegen der Kinder.

Nun hatte Jan zwei Frauen, und er begehrte sie aus tiefstem Herzen.

Ein Blick in die Zukunft: Ethik und Moral

Die Bundestagsabgeordneten kamen gerade aus einer Arbeitssitzung.

Der Beschluss, keine Zellforschung zuzulassen, war, wie so oft, heftig diskutiert worden, aber man gelangte zu keinem positiven Ergebnis. Dann würden die deutschen Forscher eben ins Ausland gehen, um dort weiterzuarbeiten und wichtige Ergebnisse zu erzielen, argumentierte die Opposition. Dadurch geriete Deutschland in eine passive Rolle und müsste alle Medikamente und Patente zukaufen; ein Riesenmarkt ginge verloren.

Aber das Parlament konnte argumentieren, wie es wollte, die sogenannte Ethikgruppe um Hanne Eckert war nicht zu überzeugen. Wie fanatisch hielten sie an ihrer Einstellung fest, und die lautete: Keine Stammzellenforschung in Deutschland.

Im Laufe des Jahres kamen die ersten Fortschrittsmeldungen bei Organzüchtungen aus europäischen Ländern. Wie die Opposition es vorhergesagt hatte, waren die Forschungsergebnisse Milliarden Euro wert.

Hanne Eckert und andere Fanatiker, auch aus dem kirchlichen Umfeld, wollten das nicht wahrhaben.

Zur Untermauerung ihrer Standpunkte entschloss sich die Ethikgruppe zu mehreren Besuchen in Kliniken, wo es auch um Ersatzorgane ging.

Zunächst kam es zu Gesprächen mit den Ärzten, die aber nicht so harmonisch verliefen.

Bei allem Respekt, so meinten die Mediziner einstimmig, eine Zellforschung, die klar zum Nutzen der Patienten sei, wäre eindeutig zu befürworten.

»Wissen Sie«, sagte ein Professor, »viele Menschen in dieser Klinik hoffen auf ein Spenderorgan, das ein neues Leben bringen könnte. Aber wenn wir diese Organe aus einem Zellgewebe züchten dürften, das vom Patienten selber kommt, wäre das die Rettung für die Kranken, also eine Art Quadratur des Kreises. Besser könnte man es nicht machen, zumindest gegenwärtig.«

Vehement lehnte Hanne Eckert eine solche Therapie ab, der Tod sei der Lauf der Natur, den man beibehalten müsse. Außerdem stehe in der Bibel nichts von Genetik, und die Schöpfung sähe so etwas auch nicht vor.

Der Professor ließ sich aber nicht beirren. »Frau Eckert hat eine Meinung wie die katholische Inquisition vor dreihundert Jahren, denn sie bekämpft den Fortschritt der Wissenschaft. Koste es, was es wolle, vor allem viele Menschenleben.«

Die Abgeordnete Eckert unterbrach ihn mit der Behauptung, die Diskussion ginge in die falsche Richtung.

Daraufhin verließ die Parlamentariergruppe schnell den Raum, man wolle noch ein paar Patienten besuchen und bräuchte einige nette Fotos für die Presse, die ebenfalls anwesend war.

Zusammen mit einem Fernsehteam ging Hanne

Eckert in ein Zimmer, in dem ein älterer Mann lag. Was dem Patienten fehle, fragte sie den Professor, der sie begleitet hatte.

Der Mediziner antwortete, der Patient benötige dringend eine neue Leber, sonst hätte er nur noch wenige Wochen Lebenszeit.

Interessiert betrachtete Hanne Eckert den Patienten. Dieser bemerkte es und drehte ihr den Kopf zu. Wer sie denn sei, fragte er.

Die Parlamentarierin schaute auf die Monitore und antwortete, sie sei von der Ethikkommission betreffs der Zellforschung.

Das freue ihn, sagte der Alte. Es gäbe hier viele Leute, sowohl Kranke als auch Mediziner, die ganz klar für diese Wissenschaft seien. Weil sie auf ein Dasein in Gesundheit hofften.

»Da ist aber nichts zu machen, nicht mit mir«, bekräftigte die Eckert.

Der Alte schüttelte ungläubig den Kopf. »Haben Sie nicht richtig verstanden? Die meisten hier sind Todeskandidaten ohne ein neues Organ. Warum, um Gottes willen, sind Sie dagegen?«

»Warum?«, rief die Politikerin. »Aufgrund meiner hohen moralischen und ethischen Ansprüche ist eine solche Medizin nicht tragbar. So etwas ist doch pervers, denken Sie nicht genauso?«

Der Kranke schaute die Abgeordnete entsetzt an und begann, heftig zu atmen.

»Die meisten hier sind gläubige Christen und Muslime«, keuchte er, »und keine perversen Kriminellen, die man sterben lassen muss. Und selbst diese Leute könnten am Leben bleiben. Unter den Todkranken sind Handwerker, Angestellte und sogar Ärzte. Ich selbst war bei der Polizei! Wir alle haben doch ein Recht auf Leben, oder nicht?«

»Nein!«, kreischte die Abgeordnete. »Ich kann das nicht befürworten. Wenn die Zeit für einen abgelaufen ist, dann ist es eben so. Basta.«

Der Alte hielt dagegen: »Überlegen Sie doch! Vor der Entdeckung des Penicillins sind viele Menschen gestorben und erst durch das Medikament war eine Heilung möglich. Ähnlich verhält es sich mit der Entwicklung der Lungenoperationen, die seit einem zweiten Versuch funktionieren. Beides ist ein wichtiger Fortschritt für die Menschheit, oder nicht?«

»Das ist doch etwas völlig anderes«, sagte Hanne Eckert maßregelnd, »und nicht mit der Zellforschung zu vergleichen. Außerdem hat es in Deutschland den Nationalsozialismus mit seinen medizinischen Versuchen gegeben.«

Der Alte atmete schwer. »Das ist viele Jahre her, aber es gibt jetzt eine neue Ethik und eine andere Moral, und daher ist Zellforschung nicht verwerflich. Zudem ist dieser Medizinbereich in anderen Nationen bereits aktuell.«

Die Monitore zeigten verschieden Kurven an, eine Krankenschwester kam herein. Sie solle jetzt besser gehen, sagte die Pflegerin zu der Abgeordneten. Hanne Eckert wurde ungeduldig.

Der Kranke winkte ab. »Ich habe wegen meiner Leber nur noch kurze Zeit zu leben, aber ich will nun doch wissen, woher Sie Ihre Moralvorstellungen ableiten.«

Die Parlamentarierin meinte von oben herab: »Ich will diese Wissenschaft eben nicht, sie ist moralisch verwerflich. Irgendwelche Monster könnten geschaffen werden.«

Der Alte schüttelte nur den Kopf. »Mit dieser Einstellung werden viele Menschen zum Tode verurteilt. Glauben Sie an Gott oder wollen Sie ihm sogar Konkurrenz machen? Denn Sie entscheiden mit Ihrer Ablehnung über Leben und Tod.«

Die Kamera lief die ganze Zeit, alle Presseleute spitzten die Ohren und schrieben sich eifrig Notizen. Der Professor blieb im Hintergrund.

»Ich bin Doktor der Philosophie«, sagte Hanne Eckert, »und an Gott glaube ich nicht.«

»Das ist aber seltsam«, sagte der Alte. »Ich als gläubiger Mensch befürworte die Wissenschaft, und Sie als Wissenschaftlerin sind gegen den Fortschritt. Liege ich damit richtig, Frau Eckert?«

Eilig wandte sie sich zum Gehen und warf dem Mann hin, er solle seine wenigen Tage noch genießen.

»Sind das alle Argumente, die Sie haben?«, gab der Alte zurück.

»Wenn es für das Parlament reicht, dann ist es für Sie erst recht genug«, grinste Eckert hämisch. »Wie lange haben Sie denn noch?«

Dem Alten merkte man an, dass er konzentriert nachdachte. Sein Gesicht verzerrte sich zu einer wütenden Grimasse, Schweißperlen bildeten sich auf seiner Stirn. Er atmete ruckhaft und schaute die Abgeordnete scharf an.

Dann sagte er: »Noch etwas mehr Zeit als Sie.«

Während die Abgeordnete ihn anglotzte, zog er vor den überraschten Augen der Anwesenden eine Pistole unter der Decke hervor und schoss zweimal.

Hanne Eckert fiel schwer zu Boden.

»Jetzt steht es eins zu eins«, keuchte der Alte dem fassungslosen Professor zu.

Ein Kollege des Mediziners eilte herbei, aber sie konnten nur noch den Tod der Politikerin feststellen.

Die Presse war begeistert, endlich eine gute Geschichte mit einer Toten, der wohl bald ein weiterer Toter folgen würde, das war ja hervorragend. Die Filmkamera lief ununterbrochen, alle Reporter drückten in den Raum.

Der Professor forderte den Alten auf, etwas zu der Situation zu sagen.

Der Todeskandidat atmete tief ein, schwieg die Presseleute eine Weile an und lächelte dabei. Dann sagte er, sein Schweigen sei genauso stichhaltig wie die Argumente von Frau Eckert, er hätte sich damit nur angepasst.

Ein paar Medienleute wollten immer mehr wissen, der Überwachungsmonitor des Alten gab aber Alarm, und bevor die Mediziner eingreifen konnten, verstarb der Mann an Organversagen.

Die Journalisten mussten abziehen, die beiden Toten verblieben eine Zeitlang gemeinsam auf der Intensivstation, bis die Polizei ihre Arbeit abgeschlossen hatte.

Nach diesen Geschehnissen nahm der Bundestag wieder die Debatte auf und beschloss nach zwei Jahren ein neues Gesetz, welches die Züchtung von individuellen Organen ermöglichte.

Woher der Alte jedoch die Pistole hatte, blieb für immer ein Rätsel.

Die Sache kann laufen

Manne, Olli und Ede hatten sich lange darauf vorbereitet. Zunächst übten sie die Flucht mit dem Auto, aber Manne meinte dann, Motorräder wären besser, weil man damit schneller verschwinden könne. Also hatten sie zwei Maschinen geklaut und umlackiert, dazu andere Kennzeichen montiert. Alles für den großen Coup.

Schließlich, am Steinbruch, wurde mit den Pistolen geübt, auch das klappte.

Ede hatte sich über dunkle Kanäle einen Plan der Bank besorgt, Aufzüge, Rolltreppen, Schalter, alles war eingezeichnet. Sie beugten sich drüber und planten die besten Wege rein und schnell wieder raus, dazu einen Fluchtweg, falls die Polizei kommen sollte. Olli beschaffte noch ein paar Funkgeräte, aber jetzt war alles komplett. Der Banküberfall konnte laufen.

Am Freitagvormittag gingen die drei getrennt in die Bank. Unauffällig machte sich Ede am Kontoauszugsdrucker zu schaffen. Dann erschien Olli und postierte sich in Ruhe bei den Schließfächern, die waren schräg gegenüber den Schaltern.

Manne kam als Letzter. Lässig betrat er die große Halle und stellte sich in die Warteschlange.

Ein Blick zu Olli, gut, alles im Lot. Ede nickte auch. Also, es konnte starten.

Manne dachte alles nochmals durch, es musste

schnell gehen. Er schaute vor zu dem Bankschalter, dort saß eine hübsche Frau, so um die dreißig.

Manne konnte den Blick nicht abwenden, schaute öfters hin und vergaß plötzlich den Grund für ihre Aktion.

Die Bankangestellte lächelte zurück, er blickte verlegen zu Boden und begann, intensiv über ein Date mit dieser Frau nachzudenken. Dann, der Kunde vor ihm in der Warteschlange war fertig, Manne war an der Reihe. Die Frau lächelte ihm freundlich zu.

Er blickte nach links und rechts zu den anderen, gut. Konzentriert ging er zu dem Schalter.

Er lächelte die Mitarbeiterin an, dann sprudelte es aus ihm heraus: »Eigentlich wollte ich etwas ganz Schlimmes durchziehen, aber scheinbar hat die Bank neues Personal, ich habe Sie noch nie hier gesehen.«

Die Frau lachte. »Aber hallo, Angstmachen gilt nicht. Nein, ich hatte Erziehungsurlaub und bin seit heute wieder im Dienst. Was kann ich für Sie tun?«

Manne schluckte verlegen. »Ich frage frei heraus: Sind Sie noch Single?«

Die Angestellte legte den Kopf schräg, zwischen ihren Brauen bildete sich eine Falte. »Sie gehen aber ganz schön ran. Also, zu Ihrer Information: Möglicherweise bin ich tatsächlich nicht fest gebunden, aber das muss Ihnen reichen.«

»Das finde ich interessant«, erwiderte er. »Ich bin auch allein, meine Ehe existiert nicht mehr, und Kinder hab ich keine.«

Die beiden schauten sich an, Manne ergriff die Initiative. »Wann ist denn Ihr Feierabend? Wir könnten uns doch treffen. Kommen Sie, geben Sie sich einen Ruck.«

Die Frau erwiderte: »Nun, ich kenne Sie überhaupt nicht, Sie könnten ja auch ein, wie soll ich sagen, ein böser Mensch sein. Also geht es nicht.«

Aber er ließ nicht locker. »Ich bin der Manfred«, sagte er und hoffte, mit dieser Frau eine Beziehung beginnen zu können. Ein Zusammensein ohne Pistolen und Überfälle, hinein in eine bürgerliche Existenz. Das war sein größter Wunsch.

Die Frau meinte allerdings: »Na ja, lassen Sie uns das Thema wechseln. Möchten Sie etwas einzahlen oder ein paar Überweisungsformulare mitnehmen? Oder wünschen Sie eine Gesamtübersicht über Ihre Einlagen?«

Manne stöhnte hörbar, es brodelte in ihm. Aber dann lächelte er. »Ich nehme die Überweisungsformulare, vielleicht zehn Stück?«

Die Angestellte gab ihm die kleinen Vordrucke, Manne bedankte sich.

»Ich würde Sie gerne wiedersehen, geht das?«

»Nun, wir an den Schaltern haben unsere Dienstpläne. Kommen Sie ab und zu vorbei, vielleicht haben Sie Glück. Jetzt bitte der Nächste.«

Manne ging vom Schalter weg, Ede und Olli sahen ihn fragend an. Er gab ihnen einen Wink, dass sie ihm folgen sollten.

»Manne, was war los?«, fragte Olli draußen bei den Motorrädern.

»Hör mal«, antwortete er, »ich bin total in die Blondine verknallt und konnte nicht die Pistole ziehen.«

»Mensch, Manne, wir haben uns dermaßen gut vorbereitet. Wir kennen uns schon länger und sind gute Kumpels. Aber du hast den Fehlschlag verbockt, wir wollen eine Entschädigung.«

Manne dachte nach. »Gut, ich habe von unseren früheren Überfällen noch zehntausend übrig. Ich gebe dir und Ede jeweils viertausend. Wie ist eure Meinung?«

Die beiden sahen sich an und waren einverstanden. Olli meinte dazu: »Die viertausend sind leichtverdientes Geld. Hör mal, ich rate dir, nichts mit der Blondine anzufangen. Wenn du eine Frau suchst, dann vielleicht eine Verkäuferin oder eine Handwerkerin, die sind an dem Thema Geld nicht so nahe dran. Aber gerade eine Bankangestellte, bist du meschugge? Was willst du der denn erzählen, vielleicht, dass du die letzten vier Jahre Gummibärchen verkauft hast? Ein falscher Satz von dir und die bringt dich ins Gefängnis. Höre auf meinen Rat, ich habe auch meine Erfahrungen mit Frauen gemacht. Bei unserem Job bleibst du besser alleine und gehst dafür ab und zu in den Puff.«

Manne nickte zustimmend. »Du hast sicher Recht, ich brauche aber noch etwas Zeit.«

»Ja, ich fand die Frau auch attraktiv, habe ein paarmal hingesehen«, meinte Ede. »Aber höre besser auf Olli, er hat Recht. Unser nächster Überfall soll ja ein Supermarkt werden, wir schauen uns mal

vorsichtig um. Und dann soll Olli an die Kasse gehen.«

»Ich bin einverstanden«, antwortete Manne und
konnte nicht aufhören, an die blonde Frau zu denken.

Nächste Woche wollte er noch ein paarmal zur
Bank gehen und ein Date versuchen. Vielleicht fand
er mit der Angestellten doch sein Glück, an ihm
sollte es nicht liegen.

Oder würde es eine unerfüllte Liebe bleiben, wie
so oft im Leben?

Das Zelt der Träume

Nach einem längeren Fotoprojekt in den USA kam ich wieder nach Hamburg zurück. Es zog mich in meine alte Herberge, das Hotel Atlantik.

Nachdem ich eingecheckt hatte, ging ich ins Foyer und bestellte an der Bar einen Whiskey. Henry, der Barkeeper, war immer noch da. Wir warfen uns einen Blick zu, er erkannte mich und kam her.

»Wie war doch gleich Ihr Name? Halt, sagen Sie nichts, ich komme gleich drauf.«

Er dachte länger nach, dann erhellte sich sein Gesicht. »Sie sind Peter Weil, der Zirkusfotograf, wenn ich mich nicht irre.«

»Gratuliere, Henry, ein Gedächtnis wie, ja, wie ein Elefant.«

Henry holte eine Flasche Portwein hervor und stellte zwei Gläser auf die Theke.

»Peter, Sie hatten mit vielen schönen Frauen zu tun. Ich erinnere mich besonders gut an eine, sie hieß Julia.«

»Ja, das waren tolle Zeiten damals, mit Sandra, Julia und Nicole. Eigentlich mit allen Artisten und Leuten, die den Zirkus ausmachten.«

Henry füllte die Gläser und lächelte mich an. »Ihre Fotos, die Sie uns schenkten, sind immer noch da, wir haben sie lediglich umgehängt. Schauen Sie in den Raum nebenan.«

Ich ging hin, Henry begleitete mich.

»Diese Frau war Julia?«

»Sicher. Ich habe ja gesagt, ein exzellentes Gedächtnis. Dort, das ist Sandra, nebenan Nicole. Helen, die Direktorin, hängt ganz oben. Die anderen sind Clowns und Artisten, hier Bill, Klaus und Roger.«

Wir verharrten eine Weile in stiller Nachdenklichkeit.

Auf dem Weg zurück zur Bar fragte er mich: »Haben Sie noch Kontakt zum Zirkus? Was machen die Leute gegenwärtig?«

Gedankenversunken hielt ich ein Glas in der Hand und trank einen großen Schluck.

»Es ist lange her, zirka neun Jahre, als ich wegging. Ich weiß nicht mehr genau, was alles passiert ist, aber der Abschied verlief recht schnell.«

Natürlich wusste ich mehr, aber das wollte ich für mich behalten. Die Arbeit mit den Kameras, Sandra, die so gut schießen konnte wie niemand anderes. Oder Julia, die mit manchen Männern ins Bett wollte. All dies waren meine Erinnerungen, verschlossen für den Rest der Welt. Vielleicht war es eine Angewohnheit der Fotografen, die in Bildern dachten. Einige Aufnahmen wurden veröffentlicht, andere würden ewig bei mir bleiben, als intime Momente und Geheimnisse.

Henry füllte die Gläser nach. Heute Vormittag wäre wenig los, sagte er, die Geschäftsleute hätten ihre Meetings. Erst gegen Abend würde es wieder voll werden.

Er holte die alten Gästebücher hervor und fand nach einigem Herumblättern die Seiten von damals. Dort standen die Unterschriften von Helen, Julia und Sandra, dazu von Leon und manch anderem.

So ging ich in Gedanken zurück in die Zeit, die für mich so wichtig gewesen war.

Vor zehn Jahren arbeitete ich als Werbefotograf für Industrie und Studios. Nicht, dass der Job schlecht gewesen wäre, denn die Kamera war meine Leidenschaft. Aber ich wollte mehr als nur Maschinenteile oder Schmuck fotografieren. Da las ich in einem Fachmagazin, dass ein weltbekannter Zirkus jemanden suchte, der für ungefähr ein Jahr dabei sein und das Zirkusleben dokumentieren sollte. Die Aufnahmen blieben im Eigentum des Fotografen, aber das Unternehmen hätte ein uneingeschränktes Nutzungsrecht.

Ich stellte eine umfangreiche Fotomappe zusammen, bewarb mich und wurde angenommen. Wichtig war, ungebunden zu sein, denn der Job erforderte eine permanente Präsenz.

Es war Anfang Dezember, der weltbekannte Zirkus befand sich in der Winterpause. Als ich zum ersten Mal dort war, stellte mich Helen, die Direktorin, einigen Artisten vor. Die Leute erschienen mir zunächst etwas misstrauisch, aber als ich ihnen zwei Tage später meine Aufnahmen von ihren Tätigkeiten zeigte, waren sie begeistert und empfahlen mich den anderen. So lernte ich nacheinander die Leute kennen, vor allem Helens Töchter, es waren Julia, Sandra und Nicole.

Schon eine Woche nach Beginn meiner Tätigkeit mussten für Werbezwecke einige Gruppenfotos von den dreien gemacht werden.

»Also, Herr Fotograf, mehr nach links oder alle enger zusammen? Wie möchten Sie uns haben?«

Ich verkniff mir eine anzügliche Bemerkung.

»Also bitte alle drei enger zusammen, dass ich euch draufkriege. Bitte deutet mit euren Armen auf das Zirkusplakat.«

»Ist es gut so?«, fragte Julia, öffnete sinnlich ihren Mund und fuhr mit ihrem Finger darüber.

»Lass es, bei dem hast du keine Chance, Schwester.« Nicole lächelte. »Der ist mit seiner Kamera verheiratet.«

Ihre Bemerkung fand Zustimmung bei den anderen.

»Oder bist du schwul? Peter, bist du ein Homo? Los, sag schon.«

»Liebe Julia, du probierst es offensichtlich bei jedem. Und wenn der gerade nicht will, ist er andersherum. Mein Spruch lautet: Gut Ding will Weile haben, wir kennen uns ja erst seit Kurzem.«

Ich sah sie mit einem strengen Blick an und sie wich mir aus.

»Eins zu null für dich, Peter«, murmelte Sandra. Sie war zirka eins fünfundsiebzig groß, hatte lange braune Haare und grüne Augen.

Trotz Julias Flirtversuche wurden es hervorragende Fotos, oder gerade deswegen? Als ich in der Nacht die digitalen Aufnahmen auf einem Monitor ansah und teilweise verbesserte, traf ich eine Auswahl, welche Fotos rausgehen sollten und solche, die ich behalten wollte. Dann holte ich meinen Schlaf nach und war bis späten Vormittag im Bett.

Am Nachmittag war ich auf dem Zirkusgelände unterwegs und traf wieder Sandra. Ja, eine attraktive Frau, sie arbeitete als Messerwerferin und Scharfschützin und traf so gut, dass sie durch einen Schuss ein Streichholz anzünden und wieder löschen konnte, und das Ding blieb dabei noch ganz. Sie war die Vertreterin ihrer Mutter und arbeitete dadurch auch in der Zirkusleitung. Und sie war gegenwärtig Single, was ich von anderen Mitarbeitern noch erfuhr.

Abends war ich bei den Trapezartisten, dort fand ich Julia. Wir standen zusammen und sie berichtete mir einiges vom Zirkusleben, zum Beispiel das dauernde Unterwegssein und daher keinen Freundeskreis zu haben. Außerdem hatte sie vor ein paar Jahren eine Fehlgeburt erlitten, das hätte sie ziemlich mitgenommen. Vielleicht war das mit ein Grund für ihre andauernden Partnerwechsel.

Ein Artist aus dem Trapezteam unterbrach unser Gespräch, denn sie wollten mit den Proben beginnen. Julia und die anderen legten dann los und ich schoss viele gute Aufnahmen.

Nach zwei Tagen hatte ich mehrere Datenspeicher verbraucht und war zu meinem Wohnwagen unterwegs.

Julia lief mir über den Weg, ja, sie hätte frei und wollte Pizza essen gehen. Das mit der Pizza ging in

Ordnung, doch im Anschluss daran hielt sie keine Ausrede der Welt davon ab, mich ins Bett zu ziehen.

Nicht dass es schlecht gewesen wäre, aber noch in der Nacht zog ich mich wieder an und verließ ihren Wohnwagen, denn ich hatte eine andere Favoritin gefunden.

Es war Sandra, in die ich verliebt war, aber das behielt ich für mich. Doch meine Bilder von ihr sprachen Bände.

Ich ging weiterhin meiner Arbeit nach und schoss viele Fotos. Am liebsten hatte ich Nicole vor der Kamera, sie war die stolzeste der Akrobatinnen und präsentierte Pferdevorführungen. Sie war groß, blond und unnahbar.

Als wir uns öfters sahen, wurde sie redseliger und erzählte viel von den Pferden und den Zebras. Ihr sehnlichster Wunsch war, später in die Pferdezucht einzusteigen, aber das war ziemlich kostspielig und man musste Glück haben, zahlungskräftige Kunden zu finden.

Nicole trank mit Freude einen guten Kaffee, und wenn wir gerade Zeit hatten, trafen wir uns auf meinem Wohnwagenbalkon, denn ich besaß einen italienischen Kaffeeautomaten.

Nach zwei Wochen intensiver Fotoarbeiten kam ich endlich bei Carlo an, der die Tiernummern leitete, und verbrauchte bei ihm vier Datenspeicher. Er war ein Typ mit hohem Einfühlungsvermögen, nicht nur bei Tieren.

Wenn Bob, der zusammen mit Helen die Ansagen machte, mal schlecht drauf war, erkannte das Carlo sofort und verteilte Bonbons.

Nach einem Monat voller Begegnungen und Fotos erkannte ich manches. Man war beinahe ein Jahr lang beisammen, mit Training, den Vorstellungen, dazu die Kindergeburtstage und die Enge im Wohnwagendorf. Jeder kannte jeden, auch persönliche Dinge, da gab es öfters Reibereien.

Aber Direktorin Helen war die akzeptierte Respektperson für alle, quasi die Dompteurin für ihre Leute.

Wir hatten Mitte Januar, nur noch wenige Tage, dann war die Winterpause zu Ende. Die Artisten hatten sich mit geänderten Darbietungen auf die neue Tournee vorbereitet, manches hinzugefügt, anderes weggelassen.

Der Zirkus begann seinen Auftritt in einer europäischen Großstadt, viele weitere Shows würden folgen. Ich war gespannt, abends startete die Vorstellung mit Akrobatik. Bälle, Keulen und auch Orangen flogen zwischen den Jongleuren hin und her, die Clowns beteiligten sich eifrig und erhielten so manche Früchte auf die Köpfe geklatscht. Gerade die Kinder fanden das toll und bejubelten jeden Gag. Dann vereinnahmte Nicole mit ihren Pferden die Manege, sie hatte weiße Lipizzaner, schwarze Araberpferde und dazu Zebras dressiert. Die Tiere zogen routiniert ihre Runden, einmal nur in eine

Richtung, dann liefen die Araber gegen die Zebras. Kurz darauf waren die Tiere in drei Kreisen unterwegs, alle waren mit kleinen Sträußen geschmückt, es sah wirklich toll aus. Nicoles Vorführung lief problemlos, nur die Eingeweihten wussten, wieviel Arbeit dahintersteckte.

Für die nächste Attraktion wurde die Manege verändert, wieder waren die Clowns zur Stelle und präsentierten ihre Späße. Es folgten die Reckartisten, zwei Turngeräte waren aufgebaut worden und die Athleten flogen zwischen ihnen hin und her, mehrmals mit Salti, dann mit Luftschrauben, schließlich ein ständiger Wechsel zwischen den Recks.

Die Besucher waren begeistert, die Männer bekamen viel Applaus, und es wurde wieder umgebaut. Zwischenzeitlich kam ein Clown in die Manege, er schien sich verirrt zu haben. Es war der »Dumme August« mit seinem kleinen dickköpfigen Esel. Der Artist gab Kommandos, doch das Tier machte immer das Gegenteil. Es war eine absolute Lachnummer, die Kinderaugen strahlten. Danach, vor der Pause, trat Carlo mit seinen Seerobben auf. Die Tiere waren gut dressiert und erhielten nach jedem erfolgreichen Kunststück einen kleinen Fisch als Belohnung.

In der Pause konnten die Besucher einen Kaffee trinken oder ein leckeres Eis essen. Dann ging es mit dem Auftritt der Kraftartisten weiter, sie bildeten Menschenpyramiden, zeigten Handstände, Salti und Schleuderartistik. Auch dieses Team erntete großen Applaus. Es folgte nochmals Carlo mit einer Dressurnummer, bestehend aus Löwen, Tigern und schwarzen Leoparden. Einige Sprünge durch brennende Reifen waren die Höhepunkte seiner Tiernummer. Die nächste Sensation war Sandras Schießaufführung. Als die Leute sahen, was sie machte, konnten sie es anfangs nicht glauben. Solche Fähigkeiten mit Messer und Pistole hatten sie noch nie gesehen, höchstens in Kinofilmen. Es gab einen Riesenapplaus.

Dann, als Abschluss der Sensationen, kamen die Reckartisten, die ganz oben im Zelthimmel ihre Ausgangsbretter hatten. Zunächst gab es Einzelwechsel zwischen den beiden Teamplattformen, dann ließen zwei Personen zugleich los und führten einen sogenannten fliegenden Wechsel durch. Als Höhepunkt des Auftritts vollzogen sie einen sicheren dreifachen Salto, aber das Rettungsnetz war trotzdem aufgebaut worden.

Die Vorstellung war schließlich zu Ende, alle Lichter gingen an, die Artisten marschierten in der Manege auf, verbeugten sich und warfen den Kindern kleine Blumensträuße und Schokolade zu. Die Zirkuskapelle spielte, die Mitwirkenden tanzten noch ein wenig und winkten in Richtung der Besucher. Dann ging dieser schöne Abend zu Ende.

Zwischendurch hatte ich immer wieder fotografiert, saß noch einen Moment in der Ehrenloge und genoss den Zauber und die Träume, die auf die Menschen und mich übergesprungen waren.

Es war geplant, noch knapp eine Woche in dieser Stadt zu bleiben, die Vorstellungen waren ausgebucht und unsere Chefin Helen sehr zufrieden.

Gerade kam mir Julia entgegen.

»Komm heute zum Training«, bat sie.

Ich hatte neue Datenspeicher bekommen und legte einen in die Kamera ein.

»Ist etwas Besonderes?«

»Ja, Stefanie ist ausgefallen und wir wollen Sandra überzeugen, bei uns mitzumachen, bis die Kollegin wieder gesund ist.«

»War sie mal am Trapez?«

»Klar, vor ihrer Schießnummer war meine Schwester eine gute Fängerin.«

»Gut, ich komme mit.«

Die Trapezleute standen beisammen und erklärten Sandra die Abläufe. Sie hörte konzentriert zu und bald darauf kletterten alle ins Trapez.

»Mir scheint, du freust dich, wieder in der Luft zu sein?«

»Wie man es nimmt, Fotodompteur«, rief sie herunter.

»Ich knipse von dir nur die besten Aufnahmen, das weißt du.«

Sie lachte. »Dann mach weiter so, und wenn ich stürze, schau weg.«

Ich nickte und begann, mir Sorgen zu machen. Zuerst kam das Schwingen, dann drei Mal zur Übung der Fall ins Sicherheitsnetz. Bald folgten die ersten Fangversuche und meine Befürchtungen wurden größer, allerdings hatte ich Angst um mich.

Das Entsetzen übermannte mich, denn wie in einem Film lief es vor meinen Augen ab. Ich sah meinen Vater und meinen Bruder in den Felsen hängen. Alles schien gut, plötzlich rutschte Vater ab und Klaus konnte ihn nicht mehr halten. Die Sicherheitshaken rissen sich los und beide stürzten in den Tod. Und wie in einer Schockstarre sah ich alles und schoss Bild für Bild, bis beide nicht mehr lebten. Das war vor fünfzehn Jahren gewesen, doch alles hatte sich in mir festgefressen, die Momente gingen mir nicht mehr aus dem Kopf.

Bis mich die Gegenwart wieder herausriss.

»Samuel ist mir zu schwer, Claudia soll rüberkommen«, rief Sandra.

»Du musst dich auch an die Männer gewöhnen.«

»Okay, Julia, aber dann erst zum Schluss.«

Claudia machte sich bereit und fand den passenden Schwung. Dann loslassen, Sandra fing, und es ging wieder zurück auf das Brett.

»Großartig«, rief Antonio. »Hör mal, jetzt ist Julia an der Reihe.«

Sandra konzentrierte sich und suchte mit dem Bügel die richtige Geschwindigkeit. Dann flog ihre Schwester heran, die Fängerin hielt sie fest und danach ging's zurück zum Ausgangspunkt.

»Ich muss eine Pause machen, die Schulter tut mir weh.«

»Okay, Sandra hat eine Auszeit. Jetzt üben Samuel und ich«, kommandierte Antonio.

Das Training lief gut, und zum Schluss versuchte meine Favoritin, Josepho zu fangen.

Ich hielt die Kamera auf sie. Er flog mit hoher Geschwindigkeit heran, sie versuchte, ihn zu halten und wurde dabei vom Bügel weggerissen. Josepho bekam das Holz zu fassen, aber Sandra raste in die Tiefe.

Ich schrie auf und verlor das Gleichgewicht. Kurz danach war Sandra bei mir.

»Es genügt, wenn ich falle, lieber Peter. Du musst mir nicht alles nachmachen.« Sie lächelte mich an.

»Bitte bleib so«, sagte ich und suchte nach meiner Kamera.

»Was war los, bist du ausgerutscht? Wir haben uns alle Sorgen gemacht.«

»Ja, ich muss wohl über etwas gestolpert sein, nichts Schlimmes.«

Es gab ein Schweigen, dann fand ich meine Worte wieder. »Ich sah dich fallen, ist dir nichts passiert?«

»Nein, das Netz hat gehalten. Alles okay.«

Ich sah sie erleichtert an, mein Schwarm bemerkte das. Sie gab mir meine Kamera, verschenkte ein Lächeln und ging zurück zu den anderen.

Nach dem Training führten Samuel und Julia eine Diskussion, ich stand nicht weit entfernt und legte gerade einen neuen Speicher in die Kamera ein.

»Warum hast du mich verlassen, doch nicht etwa wegen eines Zeltaufbauers?«

»Samuel, wir hatten eine kurze Beziehung im Bett, etwas Längeres wollte ich nicht.«

»Bei wem bist du jetzt? Komm, sag schon.«

»Jemand von der Verwaltung.«

»Julia, lüg nicht. Du bist mit Mike zusammen, einem von den Reckartisten.«

»Was du alles weißt.«

Antonio mischte sich ein. »Samuel, es ist ihr Leben, lass sie. Am Trapez funktioniert Julia hundertprozentig, nur das zählt. Der Rest geht uns nichts an.«

Samuel senkte den Kopf und ging davon.

Sandra trainierte immer früh am Morgen. Wenn jemand Disziplin hatte, dann sie. Keinen Alkohol, null Drogen und keinerlei Aufputschmittel. Sie brauche einen klaren Kopf für ihr Handwerk, erklärte die Artistin.

Auf ihren Partner Felipe warf sie Messer bis knapp an dessen Körper, während er auf einer großen sich drehenden Scheibe stand. Dann hielt er brennende Kerzen in den Händen, schwenkte sie hin und her und Sandra warf alle Flammen aus.

Als Höhepunkt der Vorstellung zielte sie aus zehn Metern Entfernung auf Streichhölzer, die nach dem Treffer aufflammten und brannten. Dann schoss sie die Flammen wieder aus und keines der Hölzer war zerbrochen. Ich hatte so etwas noch nie gesehen.

»Sandra«, fragte ich einen Tag später nach dem Training, »hättest du Appetit auf eine Pizza oder ein Steak?«

»Mit dir, Peter?«

»Ja, sicher.«

»Und danach?«

»Sind wir wieder hier, beim Zirkus«, sagte ich.

»Du verstehst schon, was ich meine.«

»Sandra, ich habe viel für dich übrig.«

»So viel, dass du bleiben würdest, hier beim Zelt und seinen Menschen?«

»Das kann ich dir nicht versprechen. Aber denke doch an jetzt, nicht an morgen.«

»Die Antwort genügt mir nicht. Tschüss, Peter, man sieht sich.«

So war es dieses Mal ein erfolgloser Versuch, weitere würden folgen.

Während Sandra mit ihren Kindern allein im Wohnwagen lebte, tröstete ich mich mit Julia. Das war schön, doch wurde ich aus ihr nicht schlau.

»Julia, du siehst toll aus, bist intelligent. Warum hüpfst du von Bett zu Bett? Hast du auch mal an eine feste Beziehung gedacht, das wäre doch nicht schlecht?«

»Sicher, Peter, aber momentan noch nicht. Und wegen unserem Bettabenteuer, es ist erst unser drittes Mal. Und nur darum, weil Ken nicht da ist. Ich will eigentlich nur viel Abwechslung, wahrscheinlich bin ich vergnügungssüchtig.«

Mehr bekam ich aus ihr nicht heraus.

Die Tournee lief weiter und es ging dem Zirkus finanziell zufriedenstellend.

Aber als die Wirtschaft in einen Abschwung geriet, es war Mitte September, erschienen plötzlich erheblich weniger Besucher und Helen sparte, wo sie nur konnte. So verzichtete man schweren Herzens auf die Zirkuskapelle und verwendete fertige Tonaufnahmen.

Wie so oft war ich in unserer kleinen Zirkusstadt unterwegs und traf Sandra vor ihrem Training. Ich wollte wieder ein paar Fotos machen, doch ihr Partner kam dazu. Nicht nur ich, auch sie bemerkte sofort, dass etwas mit ihm nicht stimmte.

»Felipe, lass den Alkohol weg«, ermahnte ihn Sandra.

»Hör mal, ich trainiere wie immer, auch mit ein paar Drinks. Mir macht das nichts aus.«

»Dir nicht, aber mir schon.«

»Fang endlich an!«, brüllte er plötzlich los.

Die Scheibennummer klappte, aber als sie ein Messer auf die Kerzen warf, konnte er die Schrittfolge nicht einhalten und stolperte.

Sandra schrie: »Pass auf, das Messer kommt …«

Doch Felipe war nicht schnell genug und die Klinge traf ihn in den Oberschenkel, er brach zusammen. Ein paar Leute rannten herbei und verbanden ihn. Nach kurzer Zeit war die Ambulanz da und brachte ihn ins Krankenhaus.

Es gab eine polizeiliche Untersuchung, doch Sandra konnte ihre Unschuld beweisen. Er hatte eindeutig zu viel Alkohol getrunken.

Da das Vertrauensverhältnis zwischen Felipe und Sandra zerbrochen war, suchte sie einen neuen Partner und fand nach ein paar Wochen schließlich Youssef, einen Akrobaten aus Ägypten.

Er war schon mehrere Jahre als Kraftartist aufgetreten, geschieden und lebte als Single. Seine beiden Kinder hatte die Ehefrau zugesprochen bekommen. Bald verstand er sich mit Sandras Nachwuchs sehr gut, sie sah es mit einem weinenden und einem lachenden Auge. Nach sechs Wochen Training konnte sie mit ihrem neuen Partner auftreten, und es wurde ein glänzender Erfolg.

Ein knappes Jahr war vergangen, langsam kam die Winterpause in Sicht. Leider waren die Besucherzahlen weiter zurückgegangen. Ich hatte ein Gespräch mit Helen wegen meiner Tätigkeit beim Zirkus und erklärte mich bereit, auf einen Teil meines Honorars zu verzichten.

Zwei Wochen später erfolgte die Überraschung: der Zirkus erhielt ein Engagement für einen Monat in Ägypten. Löhne, Transport, Versicherungen, alles wurde von einem steinreichen arabischen Geschäftsmann großzügig bezahlt. Die Auftritte sollten ein Geschenk an die Stadt Kairo sein, wo der Milliardär aufgewachsen war.

Helen sprach mit allen Mitarbeitern und sagte ganz klar, dass das Geld dringend notwendig sei, und schließlich stimmten alle, ob Artist oder Handwerker, der Verlängerung der Tournee zu. Der Beginn der nächsten Winterpause wäre eben dann erst Anfang März kommenden Jahres, im jetzigen Dezember käme der Transport nach Ägypten, dann die Shows im Januar, und im Februar ginge es wieder zurück.

Ich wollte die letzten schönen Tage in Europa ausnutzen und saß mit einer Tasse Kaffee auf meinem kleinen Wohnwagenbalkon. Sandra besuchte mich.

»Komm, Peter, und nimm die Kamera mit. Hast du genügend Datenspeicher?«

»Klar, was ist?«

»Wir Schwestern sowie Lea und Valleri üben einen Bauchtanz für unser arabisches Publikum. Und falle nicht gleich wieder in Ohnmacht.«

»Ihr fünf in knappen Kostümen? Da wird mancher seine Augen aufreißen.«

Sie machte eine Handbewegung und ich folgte ihr. Ich hatte schon vieles gesehen, aber die fünf waren sensationell. Eine Tanzlehrerin zeigte die Bewegungen und Gesten, vor allem die große Nicole sah atemberaubend aus. Noch in der Nacht schwärmte ich von den Aufnahmen.

Kurz darauf wurden die Transporte nach Ägypten vorbereitet.

Sandra klopfte an meinen Wohnwagen und ich öffnete.

»Hast du meine Kinder gesehen? Oder Youssef? Ich suche sie schon im ganzen Zirkus.«

»Gestern Abend war ich bei den Löwen und sah deinen Partner mit zwei Koffern herumlaufen. Aber die Kids waren nicht dabei.«

»Ich weiß, dass er wieder nach Ägypten wollte und es nicht abwarten konnte, wieder zuhause zu sein. Ich ahne es, er hat die Kinder mitgenommen.

Vor allem Leon, mein kleiner Sohn, kam gut mit ihm aus.«

Wir suchten in Youssefs Wohnwagen und fanden einen Brief, der Sandras Vermutungen bestätigte. Ihr Partner hatte die Kinder vorzeitig nach Kairo mitgenommen, damit er ihnen die Stadt zeigen konnte, und er versprach, wieder pünktlich mit den Kids beim Zirkus zu sein, Sandra könne sich darauf verlassen. Dann hatte Youssef noch seine Adresse und die Handynummer angegeben.

Sandra fand das trotzdem nicht gut und wollte ihre Kinder bald wieder zurückhaben. Sie wählte die Nummer und hatte Hanna, ihre Tochter, am Telefon. Diese sagte, es wäre soweit alles okay und Youssef wäre sehr freundlich und hilfsbereit. Und alle freuten sich auf ein baldiges Wiedersehen mit ihr.

Die Genehmigungen und Zollpapiere für Ägypten lagen vor, es kam der Tag der Abreise. Einige Tiere wurden in Spezialkäfigen transportiert und waren per Flugzeug unterwegs. Die Wagen mitsamt der Ausrüstung sowie die Zelte wurden zunächst mit LKWs und dann mit dem Schiff auf die Reise geschickt.

Am Rande von Kairo wurde das Zirkusdorf aufgebaut und jede Menge Verpflegung und Futter angeliefert, die Presse und andere Medien waren begeistert.

Ich machte eine kurze Tour durch die faszinierende Metropole, und um die Moscheen fotografieren zu können, holte ich mir die Erlaubnis der Mullahs.

Inzwischen hatten auch die vielen Wohnwagen ihre Plätze gefunden.

Ich saß mit einer Tasse Kaffee auf meinem Balkon, da kam Sandra dazu und hatte Leon und Hanna dabei.

»Mit den Kindern ist alles in Ordnung, Peter. Youssef ist auch wieder hier, natürlich hatte ich mit ihm eine heftige und längere Aussprache, denn seine Vorabreise mit den Kindern war überhaupt nicht angebracht. Er hätte mich auf jeden Fall um Erlaubnis bitten müssen. Das hat er eingesehen und sich entschuldigt. Die Angelegenheit ist damit erledigt und wir treten nach wie vor gemeinsam auf.«

»Das finde ich gut«, sagte ich, »es muss ja nicht alles schlecht ausgehen. Wenn du Zeit hast, machen wir morgen Vormittag einen Ausflug nach Kairo. Gerade die alten Märkte dort sind wirklich sehenswert.«

Sandra dachte kurz nach. »Das kann ich noch nicht sagen, ich trainiere mit Youssef nochmals heute Nachmittag. Wenn wir alles gut hinbekommen, dann können wir morgen den Ausflug machen. Ich gebe dir dann Bescheid.«

Ich überprüfte danach meine Fotoausrüstung und nahm eine kleinere Kamera, mit der ich unterwegs sein wollte. Vielleicht gelang es mir sogar, von einem Minarett aus fotografieren zu dürfen.

Am späten Nachmittag kamen Sandra und Youssef zu mir.

»Peter«, sprach er mich an, »um die Sorgen, die ihr wegen der Kinder hattet, wieder gutzumachen, biete ich mich als Führer durch Kairo an. Ich bin hier aufgewachsen und kenne mich ganz gut aus. Bitte stimmt zu.«

Sandra und ich sahen uns an, schließlich nickten wir beide.

»In Ordnung«, meinte Sandra. »Dann gehen wir morgen Vormittag so um elf Uhr los, mich interessiert vor allem der traditionelle Teil der Stadt.«

Youssef atmete auf und freute sich.

»Gut, ich werde mir auf jeden Fall Mühe geben«, meinte er.

Nach ihrem Morgentraining waren die beiden bei mir, wir riefen ein Taxi und fuhren in die Metropole.

Youssef erwies sich als ortskundig, zeigte uns den großen Bahnhof, aber auch Museen und Theater. Immer wieder saßen wir in Cafés, schauten uns die Menschen und das quirlige Stadtleben an, so hatte ich viele Motive zum Fotografieren.

Wir wollten noch zum alten Memphis, einem antiken Bauwerk, aber die Zeit war einfach zu knapp.

Am Abend waren wir wieder beim Zirkus und bedankten uns bei unserem Führer.

Zwei Tage später begannen die Vorstellungen. Sie waren ein großer Erfolg, Fernsehen und Presse berichteten darüber.

Vor allem der orientalische Tanz fand bei den

146

Männern große Bewunderung, und die Schieß-
show, die Sandra und Youssef präsentierten, erntete ungläubiges Staunen. Die Zirkusvorstellungen
waren ausverkauft.

Die Spielzeit ging nach vier Wochen zu Ende,
und Helen war mit der finanziellen Situation mehr
als zufrieden.

Zwei Tage vor der Abreise lud die Chefin Sandra
und mich in ihren Wohnwagen ein.

»Wir müssen zuhause ein paar Kerzen anzünden,
weil uns nichts passiert ist, keine Unfälle, keine
Erkrankungen und nichts wurde gestohlen«, meinte sie, »und ich sehe das kommende Jahr mit Optimismus.«

Helen schenkte jedem von uns ein Glas Cognac
ein. »Auf den Zirkus, dass er lange bestehen und
selbständig bleiben soll.«

*

Langsam löste ich mich aus meinen Erinnerungen
und kehrte zur Hotelbar zurück. Es war lebhafter
geworden, ein paar Trinker suchten ihr Glück im
Alkohol.

Henry kam zu mir her. »Wollen Sie noch einen
Port? Die Flasche ist halb voll.«

»Das wird ein langer Abend, Henry.«

Ich lallte ein wenig, aber es war eher die Trun-
kenheit der Erinnerungen.

»Schenken Sie ein, damit ich Ihnen nicht verloren
gehe.«

Er lachte, füllte das Glas und eilte davon. So holte mich wieder die Vergangenheit zurück.

Der Zirkus pausierte in Deutschland, und die folgende Europatournee ab April wurde ein großer Erfolg.

Doch dunkle Wolken zogen auf, denn unterwegs erlitt Helen einen Herzinfarkt. Die Ärzte konnten ihr Leben retten, aber sie brauchte von nun an einen Rollstuhl. Alle wussten, dass jetzt jemand anderes den Zirkus führen musste. Julia lehnte ab, Nicole hatte auch andere Pläne, so übernahm Sandra die Leitung des Unternehmens, und ich war nach wie vor dabei.

Wir gastierten gerade in Hamburg, Sandra wollte mich sehen.

»Peter, ich habe dich hergebeten, weil es etwas zu besprechen gibt.«

»Frau Direktorin, fangen Sie an.«

»Lass das. Also, wie lange wirst du noch hier sein?«

Ich senkte den Kopf und räusperte mich. »Entschuldigung, aber ich habe einen Kloß im Hals. Nun, mein Vertrag endet in zwei Wochen.«

»Ja, stimmt. Peter, wir wollen nicht verlängern, ein anderer soll auch eine Chance bekommen.«

Ich sagte nichts, mir wurde schwindelig.

»Alles okay bei dir?«

Ich kam ins Stottern, der Boden unter mir schwankte etwas.

»Ich hatte gehofft, dass ihr verlängern würdet.

Meine Aufnahmen sind anerkanntermaßen sehr gut. Ich vermisse euch jetzt schon, vor allem dich.«

»Meine Entscheidung steht fest, du gehst in zwei Wochen. Ist das klar?«

»Du bist die Chefin, Sandra. Ich werde folgen.«

»Danke. Mach kein Theater daraus, stifte keine Unruhe.«

»Wie kommst du darauf? Auf keinen Fall, dafür schätze ich dich zu sehr. Und alle, die hier arbeiten.«

Sie schaute mich länger an. »Deine Aufnahmen sind tatsächlich hervorragend. Du wirst beruflich großen Erfolg haben.«

Ich nickte.

Sie sagte dann: »Lass uns heute Abend ins Hotel Atlantik gehen, an die Bar. Wir feiern in kleiner Runde, ohne die anderen.«

»Bravo, unser Stammlokal!«

»Ja, nur wir beide, Peter, einen guten Abschied.«

»Warum hatte ich bei dir nie eine Chance, Sandra?«

»Vielleicht hast du sie heute Abend.«

Es war einfach schön zu zweit an der Bar, meine Begleiterin sah sehr gut aus und hatte ein leichtes Make-up aufgelegt.

Wir waren bester Laune, das Piano spielte viel Romantisches, und als wir im Bett landeten, sah ich es als Erfüllung meiner Träume.

Am nächsten Morgen hörte ich an der Rezeption, dass Sandra im Voraus gebucht hatte. Aber das tat meinem Hochgefühl keinen Abbruch.

Schließlich machte ich das Schlussfoto, ein Motiv wie zu Beginn meiner Arbeit. Ich bat Sandra, Julia und Nicole zusammen auf ein Pferd, und sie boten mir eine schöne Akrobatik. Ich erhielt noch viele Abschiedsküsse und musste schließlich schweren Herzens gehen.

So endete mein Abenteuer im Zirkus. Etwas erlebt zu haben, was es heute kaum noch gab, Illusionen und Wunderträume, trotz der bösen Realität.

Die Qualität meiner Zirkusaufnahmen ermöglichte mir eine schnelle Karriere als Berufsfotograf. Modemagazine, Sportzeitungen, Reportagen, ein exzellenter Ruf eilte mir voraus und die Ergebnisse bestätigten alle Erwartungen. Auch mein Bankkonto erfreute sich eines stetigen Wachstums.

Drei Jahre nach meinem Zirkusengagement erschien mit Sandras Einverständnis ein Fotobuch über die Show, das mit mehreren Preisen ausgezeichnet wurde.

Nach weiteren Jahren rückten meine Erinnerungen in den Bereich des Vergessens, nur in den Zeitungen und Nachrichten hörte ich ab und zu etwas über Julia und die anderen.

Nach wie vor war ich ein gefragter Fotograf und hatte ein größeres Fotoprojekt in den USA angenommen, wo ich nun lebte. Seit meinem Aufenthalt beim Zirkus waren neun Jahre vergangen.

Da erfuhr ich, dass das Zirkusunternehmen vor einiger Zeit mit einem anderen Showbetrieb zusammengegangen war. Das ließ mir keine Ruhe und ich versuchte, Nicole oder Julia zu erreichen, aber vergebens.

So fasste ich den Entschluss, vorerst nach Hamburg zurückzukehren, um an der Bar des Hotels Atlantik die alten Zeiten zu verabschieden.

Dort, wo wir uns so häufig getroffen hatten.

Durch alle diese Erinnerungen war es spät in der Nacht geworden, die Flasche Port war leer und ging auf Henrys Rechnung. Ich brachte es fertig, ihm verständlich zu machen, dass ich vorerst in Hamburg bleiben würde. Ich wollte noch zwei oder drei Erinnerungsabende mit Whiskey und Rotwein durchziehen, der Alkohol ersetzte manche Freundin.

Ich gab Henry meine Visitenkarte und ging mit schweren Schritten aus dem Hotel.

Nach zwei Tagen rief er mich an und verfiel in pathetische Worte. Zum Ende hin sagte er, dass gestern Abend jemand vom Zirkus dagewesen sei, eine Frau.

Ich zwang mich, ruhig zu bleiben. »War es Julia?«

»Nein, die hätte ich sofort erkannt.«

»Henry, machen Sie es nicht spannend. Gehen Sie bitte in den Raum nebenan und schauen Sie auf die Fotos.«

»In Ordnung.«

Kurz danach war er wieder am Hörer. »Die Frau unterhalb von Helen, und so schön wie damals.«

Der Boden unter mir bebte etwas, es war Sandra. Nach ein paar Sekunden war ich wieder klar.

»Hat sie gesagt, ob sie wiederkommt?«

»Es war viel Betrieb an der Bar. Aber ich habe gehört, dass sie gegenwärtig in Hamburg ist und ein paar Tage bleiben wird. Genügt Ihnen das?«

»Gut, Henry, sehr gut. Ich werde heute Abend wieder da sein.«

Wieder war ich im Atlantik und saß schon seit zwei Stunden an der Theke, aber sie ließ mich warten. Nebenan waren die alten Fotos, ich sah sie mir ausgiebig an.

Als ich zurückkam, saß Sandra auf meinem Hocker. Ich konnte es kaum fassen, sie wiederzusehen.

»Fall ja nicht wieder in Ohnmacht.«

»Nur dann, wenn du mich auffängst, wie am Trapez.«

Sie stand auf und wir küssten uns. Es war, als wäre der Abschied erst gestern gewesen.

»Sandra, wie geht es dir?«

»Wieder gut, ich bin vom Zirkusalltag endgültig weg und werde im nächsten Jahr in der Schweiz Artisten trainieren.«

»Jetzt bin ich überrascht, das große Zelt war doch deine Heimat. Was ist passiert?«

»Das ist schnell erzählt. Nachdem du nicht mehr da warst, hatten wir noch zirka fünf gute Jahre, aber dann wurden die Geschäfte immer schlechter. Teilweise konnte ich die Artisten nicht mehr bezahlen. Helen hing an mir und wollte nichts verändern, aber es ging so nicht weiter. Viele Familienunternehmen waren in derselben Situation wie wir, so entschloss ich mich zu einer Fusion mit einem anderen großen Zirkus. Helen hat mir das nie verziehen. Nach einer Phase der Zusammenarbeit habe ich das Unternehmen vor einem halben Jahr verlassen. Zuerst weinte ich manche Träne, aber dann war es genug.«

»Und die anderen, zum Beispiel Julia und Nicole?«

»Ja, beide bekamen ein happy End. Nicole konnte sich einen reichen Mann angeln und züchtet heute Pferde in Südfrankreich. Julia lernte einen Journalisten kennen und reist mit ihm um die Welt.«

»Hat sie immer noch so viele Männer?«

»Nein, ihre Ruhelosigkeit bekam sie durch das viele Unterwegssein unter Kontrolle. Unsere ehemalige Trapezartistin ist ihm treu, so sagt sie wenigstens. Jetzt mal etwas anderes, Peter, darf ich dir meine Tochter Marie vorstellen? Meine Hübsche, das ist der Fotograf, von dem ich dir so viel erzählt habe.«

Das Mädchen schaute mich länger an, lächelte und meinte dann: »Er sieht noch ganz gut aus für sein Alter.«

»Na hör mal«, protestierte ich. »Sandra und meine Wenigkeit, wir sind gleich alt.«

»Schon gut«, sagte Marie.

»Was ist aus all den anderen geworden, den Clowns und Artisten?«

Sandra seufzte und holte tief Luft.

»Der Zirkus holt mich wieder ein. Also, unsere Spaßmacher und Philosophen sind bei dem neuen Unternehmen geblieben, auch die Reckartisten und die Raubtiernummer. Es gibt jetzt ein überarbeitetes, sehr gutes Programm.«

»Es freut mich, dass nicht alles verloren ging.«

»Na ja, es wird dich trösten, dass du alle mit deinen Fotos lebendig gehalten hast.«

»Lass uns nach nebenan gehen.«

»Ich habe die Bilder schon gesehen. Peter, setz dich wieder hin, wir haben noch etwas zu besprechen.«

Sandra und Marie sahen mich intensiv an.

»Also«, sagte ich, »deine Tochter ist dir wie aus dem Gesicht geschnitten.«

»Das stimmt, aber mit dir hat sie auch Ähnlichkeit.«

Die beiden schauten mich immer noch durchdringend an.

»Sandra, was soll die Bemerkung?«

»Erinnerst du dich an unseren letzten Abend?«

»Natürlich, das bleibt in meinem Gedächtnis, als wäre es gestern gewesen. Wir waren hier an der Bar und landeten später im Bett.«

»Richtig. Seitdem sind ungefähr neun Jahre vergangen. Marie ist acht.«

Ich hatte wie immer meine Kamera dabei, holte sie her und schaute Marie durch das Objektiv an. Der Boden bebte nicht und mir wurde nicht schwindelig.

»Bist du noch bei Bewusstsein?«

»Sandra, der Aussetzer findet nicht statt. Warum hast du dich wegen unserer Tochter Marie nie gemeldet?«

»Du wolltest nicht beim Zirkus bleiben und ich respektierte das. Jetzt, da ich die Verantwortung nicht mehr habe, ist ein neues Leben möglich. Und du bist ein berühmter Fotograf. Kurzum, was hältst du von uns dreien?«

»Ich gehe nach nebenan zu den Fotografien. Bin gleich wieder da.«

Ich betrachtete all die Menschen, die mir damals so viel gegeben hatten. Dann ging ich zurück, Henry war an der Bar.

»Könnten Sie uns drei fotografieren?«

»Kein Problem«, antwortete er und machte mehrere Aufnahmen.

»Eine davon kommt ins Nebenzimmer, zu den anderen Fotos«, ergänzte er.

Ich bedankte mich und war wieder bei Sandra und Marie.

»Peter, willst du uns haben?«

Nach kurzem Schweigen erwiderte ich nachdenklich: »Auf der Bühne des Lebens erhebt sich der Vorhang zu einer neuen Vorstellung. Wir, die Akteure, treten auf und geben unser Bestes. Dann ist die Show irgendwann wieder zu Ende.«

Ich trank einen Schluck und lächelte. »Ich liebe euch, ihr seid willkommen.«

Ein Tabakgeschäft

Es war Freitag, der Dreizehnte. Laura hasste dieses Datum, obwohl sie eigentlich nicht abergläubisch war. Sie lief am Bordstein entlang zu dem Einkaufszentrum, wo sie arbeitete. In Gedanken ging sie ihre Arbeit nochmals durch, aber es war jeden Tag fast dasselbe zu tun.

Bald darauf betrat sie das große Gebäude, stand vor dem Tabakwarenladen und versuchte, die Tür aufzuschließen. Aber das Ding klemmte mal wieder, und sie schob die Mechanik hin und her. Verdammt, schon am frühen Morgen diese Verrenkungen. Schließlich sprangen die Schlösser auf und sie konnte in das Geschäft.

Ja, heute war dieser verflixte Tag, sie war gespannt, was noch alles passierte.

Mit ihrer Kollegin Susanne verstand sie sich gut. Sie war kleiner als Laura und hatte schwarze Haare. Susanne hatte immer ein Lächeln auf den Lippen und mit dieser Freundlichkeit ein gutes Verhältnis zu den Kunden. Sie war verheiratet und hatte zwei Kinder, die noch in die Schule gingen. Susannes Mann war seit einem halben Jahr arbeitslos. Laura beneidete sie trotzdem, denn seit ihrer Scheidung vor zwei Jahren hatte sie keinen Partner für sich gewinnen können. Na ja, sagte sie zu sich, was nicht ist, konnte ja noch werden.

Laura schloss die Ladentür wieder ab, sortierte die alten Zeitungen und Magazine aus den Regalen und bündelte sie. Danach kamen die neuen Zeitschriften in die Auslagen. Die Zigarren befanden sich in einem eigenen Klimaraum, sie legte einige neue Exemplare dazu.

Laura ging in das kleine Büro nebenan, dort befand sich ein Spiegel. Eine Frau blickte ihr entgegen, Ende dreißig, eins fünfundsiebzig groß, schlank, mit braunen Haaren, die sie zu einem Dutt hochgesteckt hatte. Eigentlich sah sie ganz passabel aus. Warum war noch kein Mann auf sie aufmerksam geworden? Sie verstand es nicht.

Um acht Uhr schloss sie die Ladentür auf, und schon nach wenigen Minuten kam Rudi der Rocker ins Geschäft. Sie nannte ihn so, weil er schwarz angezogen war und einige Tätowierungen hatte. Eine Totenkopfgürtelschnalle war sein ganzer Stolz.

»Habt ihr die französischen Zigaretten, die blauen?«

»Klar, extra für dich bestellt.«

Rudi fühlte sich sichtlich geschmeichelt. »Also, ich nehme zwei Packungen.«

Laura holte sie aus dem Regal und gab ihm noch ein kleines Feuerzeug dazu.

»Mensch, klasse, zu euch komme ich jetzt öfter.«

Rudi lächelte sie an und verließ pfeifend das Geschäft. Wieder ein zufriedener Kunde mehr, freute sich Laura.

Wo bloß Klaus blieb? Kaum hatte sie das gedacht, stand er schon im Geschäft und schlurfte zur Raucherecke. Heute hatte er eine miese Laune, sie sah es ihm an. Da war ein Gespräch über Mallorca jetzt das Beste.

»Klaus, seid ihr schon auf der Insel gewesen? Das war doch geplant?«

Er antwortete nicht gleich, sondern blies kleine Kringel in die Luft. Seine Mundwinkel fielen nach unten. »Laura, meine Frau wollte dieses Mal woanders hin, also haben wir die Türkei gebucht.«

Er saugte an dem Zigarillo, als wäre er auf Entzug, und der gesamte Laden fing an zu riechen, Laura hustete. Normalerweise müsste er heute wieder welche kaufen.

»Klaus, wie immer zwei Päckchen?«

Er drückte den Zigarillo aus und nahm sich noch eine Zeitung. »Ja, und das Blatt hier dazu.« Er zahlte, eilte zur Raucherecke und zündete sich noch einen Glimmstängel an.

Wieder musste Laura husten, dieses Mal aber stärker. Verdammt, diese Zigarillos stanken furchtbar, es waren die von der billigen Sorte. Dabei verdiente Klaus ganz gut, so ein Geizhals.

Lächelnd ging Laura in die kleine Küche und schaltete die Lüftung an. Der Raucher drückte den Zigarillo in den Aschenbecher, plötzlich hatte er es eilig.

»Tschüss, bis dann.«

»Ciao, Klaus, sage deiner Frau einen Gruß.«

Zwei Kundinnen gaben Lottoscheine ab und Laura wünschte ihnen viel Glück.

Susanne, ihre Kollegin, müsste eigentlich bald kommen.

Drei Stunden waren schon vergangen, also rief sie schließlich bei ihrer Vertretung an.

»Hallo, Laura hier, wo bleibst du?«

Von der anderen Seite kam ein tiefer Seufzer, zuerst schwieg sie, sagte aber dann: »Mein Mann war heute Nacht mit ein paar Kumpanen auf Sauftour, das kommt manchmal vor. Und wie schon einmal gab es ein böses Ende.«

Laura wurde wütend. »Du, dein Jürgen ist nicht der einzige Arbeitslose, es gibt Millionen. Der soll sich mal zusammenreißen, hat er dich wieder geschlagen?«

Susanne schwieg einen Moment, ehe sie zugab: »Ja, ich habe ein blaues Auge, schon zum zweiten Mal. Aber ich habe jede Menge Puder draufgemacht und gehe los, bin gleich da.«

Laura hatte einen Hass auf Jürgen. Der Typ war sonst ganz normal, ein netter Kerl. Aber wenn er getrunken hatte, wurde er unberechenbar und aggressiv. Und immer waren nur die anderen schuld. Das hatte keinen Sinn mit dem Kerl, der musste in eine Therapie.

Susanne trat in den Laden, winkte Laura zu und hing ihre Jacke in die kleine Küche.

Laura sah sie an, bei genauem Betrachten erkannte man die Verletzung. Die Kollegin ließ sich nichts anmerken und bediente lächelnd die Kundschaft.

»War Klaus schon hier? Es riecht nach seiner Marke.«

»Und wie, es war kaum auszuhalten.«

Gerade kam eine ältere Dame herein und zog auffällig die Luft durch die Nase. »Hier hat jemand ein billiges Kraut gepafft, das riecht ja furchtbar.«

Laura setzte ihr mitfühlendes Gesicht auf. »Es tut mir leid, aber bei uns darf man noch rauchen.«

Die Alte ließ nicht locker. »Ich wollte ein paar Zeitschriften kaufen, aber unter diesen Umständen?«

Susanne beeilte sich, die Kundin zu beruhigen. »Warten Sie einen Moment, ich schalte die Lüftung höher, dann ist der Dunst gleich weg.«

Während Susanne in die Küche eilte, bediente Laura die Frau. Diese war schließlich zufrieden und kaufte mehrere teure Magazine. Die beiden Verkäuferinnen sahen sich an und nickten, das war noch einmal gut gegangen.

Susanne betrachtete sich im Spiegel. »Nun, mein Ehemann, so einfach kommst du mir nicht davon.«

Laura gab ihr Recht. »Hör mal, da gibt es eine Frauenbeauftragte und Wohnungen, wo man eine Zeitlang unterkommen kann.«

Susanne wählte die entsprechende Nummer und hatte ein längeres Gespräch mit der Beratungsstelle.

Währenddessen stellte Laura verschiedene Liköre in die Regale und sah jemanden hereinkommen. Es war Bankdirektor Schmitz, er kaufte meistens zehn Havannas und einen Edelbrand. So war es auch dieses Mal, sie packte alles sorgfältig ein, mehr Kunden von seiner Sorte, und das Geschäft würde glänzend laufen.

Ein anderer Dauerkunde kam herein, sie begrüßte ihn freundlich. »Hans, wieder die Zigarren aus der Dominikanischen Republik?«

»Ja, ein kleines Trostpflaster, wenn man sich die echten aus Kuba nicht leisten kann.«

»Du, einige Kunden haben schon berichtet, dass die billigen manchmal besser schmecken würden als die Originale.«

Hans lächelte und verließ zufrieden das Geschäft.

Es war Nachmittag geworden, Susanne hatte einen Termin bei der Frauenbeauftragten und verließ den Laden etwas früher.

Zum Feierabend hin kamen mehrere Leute für Zigarettenkäufe und gaben Lottoscheine ab, das Geschäft zog jetzt an.

Laura sah draußen einen Mann stehen und wurde ganz aufgeregt. Es war Lars Baumann, seines Zeichens Besitzer von mehreren Mietshäusern und Gewerbeimmobilien. Auf seinen Konten stapelte sich das Geld haufenweise. Laura war gut informiert, denn ihr Bruder und Lars waren in demselben Handballverein.

Der Angebetete schaute herein, winkte ihr zu und ging dann wieder. Verdammt, er hatte nicht angebissen, aber vielleicht das nächste Mal.

Am frühen Abend kam Georg herein. Er war seit mehreren Jahren arbeitslos und hielt sich mit verschiedenen Jobs mehr schlecht als recht über Wasser.

Meistens kaufte er Tabak und Blättchen zum Selberdrehen.

»Georg, wie geht es dir?«

»Oje, Laura, frag mich nicht, ich kämpfe mich so durch.«

Sie gab ihm seine Sachen, bedauerte den Kerl innerlich und legte ihm noch ein Feuerzeug dazu.

Georg wandte sich zum Gehen.

Plötzlich gab es vor dem Laden ein Gebrüll, sogleich wurden Schläge ausgeteilt und ein Jugendlicher knallte gegen das Schaufenster, das mit lautem Krach zerbrach. Im nächsten Moment stand der Kerl schon wieder auf den Beinen und schlug auf seinen Widersacher ein, der zu Boden ging. Die Meute wollte die beiden Streithähne trennen und es gab ein Gerangel, bei dem einer in die Glasscherben fiel. Obwohl er blutete, rannte der Typ mit der ganzen Gruppe schließlich davon.

Laura behielt die Nerven und rief den Hausservice und die Polizei. Die Beamten nahmen die Anzeige auf und fotografierten den Tatort. Kurze Zeit später kam der Hausmeister zusammen mit Handwerkern und man setzte als Provisorium eine Sperrholzplatte ein.

Es war neunzehn Uhr und Zeit, den Laden zu schließen. Laura war erleichtert und telefonierte wegen des Schadens ausführlich mit dem Geschäftsführer in der Zentrale.

Plötzlich bekam sie ein ungutes Gefühl, wo war denn Georg abgeblieben?

Sie schaute ins Nebenzimmer und fand den Typ völlig betrunken in einem Ledersessel sitzen. Um ihn herum standen nur die besten Brände, Liköre und Whiskeys, die Flaschen waren alle offen und zum Teil schon angetrunken.

»Mensch, Georg, was soll denn das?«

Er konnte nur noch lallen. »Also dieser hier«, er sprach ganz langsam, »ein Single Malt aus Schottland.« Jetzt musste Georg rülpsen und holte tief Luft. »… unzweifelhaft, das ist der Beste, da kommt kein Likör mit.«

Er rutschte vom Sessel auf den Boden und umarmte einige Flaschen, die er nicht hergeben wollte.

Laura war am Ende ihrer Nerven und holte nochmals die Polizei. Die Beamten versuchten, Georg auf die Beine zu stellen, aber es war zwecklos. Also wurde der Rettungsdienst geholt und der stille Genießer kam wegen seiner etlichen Promille ins Krankenhaus.

Draußen war es bereits dunkel geworden, die meisten Geschäfte hatten schon geschlossen.

Laura war stocksauer, ja, Freitag, der Dreizehnte, und was für einer. Sie hasste diesen Tag.

Ganz in Gedanken schlurfte sie erschöpft ins Nebenzimmer und sah all die offenen Flaschen. Einer Eingebung folgend probierte sie einen Likör, dann einen Single Malt und noch drei Cognacs. Um den Tag trotzdem gut ausklingen zu lassen, zündete sie sich schließlich noch eine Havanna an.

Na denn, ein Hoch auf Georg!

Zweiundneunzig vorüber

Die Sonnenstrahlen fielen durch das Fenster, Karl ging zur Tür, öffnete sie und genoss die Sommerluft. Dann setzte er sich auf eine Bank, die nahe am Haus stand, und viele Erinnerungen kamen ihm in den Sinn.

Sein ganzes Leben lang hatte er gearbeitet, war auf den Äckern und den Feldern gewesen, seinen eigenen und die der Nachbarn. Auf einer riesigen Streuobstwiese am Rande des Nordschwarzwalds hatte er jedes Jahr die Früchte zusammengelesen und eingekellert. Aber seit einiger Zeit ging alles viel mühsamer.

Die Gedanken wurden unterbrochen, seine Frau Vera rief nach ihm. »Karl, kannst du kurz kommen, ich will heute versuchen, aufzustehen.«

So rasch es ihm möglich war, ging er zu ihr und half ihr auf einen Stuhl nahe am Bett.

»Jetzt mache ich für uns einen Kaffee«, meinte er.

»Karl, was bin ich froh, dass du noch so fit bist, bei deinem Alter.«

»Das kommt von der vielen Arbeit«, antwortete er, und beide lachten jetzt.

Der Kaffee schmeckte gut, Karl bereitete das Mittagessen vor.

»Was macht eigentlich dein Motorrad?«, fragte seine Frau und nippte an dem Kaffeebecher.

»Ich bin schon lange nicht mehr gefahren, würde aber gerne mal eine Runde drehen.«

Die Mahlzeit war fertig, Vera setzte sich vorsichtig in ihren Rollstuhl und fuhr an den Esstisch. Karl hatte einige Pfannkuchen gebacken und dazu gab es Apfelmus.

Nach dem Essen war Vera müde und wollte zurück ins Bett. Karl half ihr dabei und deckte sie zu. Er vergewisserte sich, dass mit seiner Frau alles in Ordnung war und setzte sich wieder draußen auf die Bank.

In Gedanken war er bei seinen Enkeln und deren Kindern. Sie besuchten ihn ab und zu, mit großen Augen sahen ihn die Kleinen an, als wäre er ein Gespenst. Aber wenn er seine Späße mit ihnen machte, waren sie ganz bei der Sache.

Das gute Wetter brachte Karl auf eine Idee. Er wollte einmal wieder im Feld sein, bei seinen Bäumen und Sträuchern. Er raffte sich auf, schlurfte zum Schuppen und blickte auf sein Motorrad. Da stand es und wartete geradezu auf ihn. Karl drückte die DKW langsam aufrecht, beide maßen sie ihre Kräfte. Er gewann und schob die Maschine aus der Scheune.

Nun stand sie im Hof, ein Nachbar kam angelaufen und besah sich die DKW, dann noch ein paar Kinder. Karl sagte nichts, die anderen verloren das Interesse und verschwanden nach und nach. Die Sehnsucht packte ihn, endlich wieder Motorrad fahren, nach so vielen Jahren, er konnte es kaum noch aushalten.

Karl eilte ins Haus und zog sich den Helm auf, dazu den Schal und die Handschuhe.

Zurück auf dem Hof schob er die DKW schwer atmend auf die Straße.

Eine Nachbarin fuchtelte aufgeregt mit den Armen und rief ihm etwas zu, was Karl ignorierte. Er hatte inzwischen den Weg erreicht und setzte sich auf die Maschine. Schnell, dachte er, sonst kommen die Verhinderer. Er würde es ihnen schon zeigen.

Er drehte den Zündschlüssel und ließ die DKW die Straße hinunterrollen. Als die Geschwindigkeit ausreichte, schaltete er in den zweiten Gang, der Motor sprang an. Zügig fuhr er durch das Dorf und bog ins Feld ab. Dort ging es den Berg hinauf, die Maschine zog ihn problemlos.

Was für ein Gefühl, es war Glück und Freiheit. Wie sehr hatte er das vermisst.

Im Feld grünte alles, die späten Bäume blühten noch. Karl schaltete in den zweiten Gang zurück, dann in den Leerlauf. Die DKW rollte aus, er befand sich vor seinem großen Grundstück und schaute umher. Die Enkel hatten ihm gesagt, sie würden alles genauso machen wie er, aber der Alte hatte es sich schon gedacht. Die Bäume waren seit Jahren nicht geschnitten worden, das Gras musste gemäht werden. Er würde ihnen etwas erzählen.

Karl legte den ersten Gang ein und fuhr auch an den anderen Wiesen vorbei. Viel hatte sich nicht verändert, die Geberts hatten ein Bienenhaus aufgestellt, er würde sie nach Honig fragen.

Gemächlich, im zweiten Gang, fuhr er die Feldwege entlang und langsam ins Dorf zurück.

Sein Ausflug war nicht unbemerkt geblieben, aufgeregt liefen die Nachbarn hin und her.

Er beachtete sie nicht und bog in seinen Hof ein. Vor dem Schuppen stellte er den Motor aus, ließ mit einem Tritt den Ständer herausschnappen und kippte die Maschine darauf. Dann hob er das andere Bein achtsam über die DKW auf den Boden.

Die anderen standen nur da. Und Karl sagte wie beiläufig: »Das Zweirad ist noch in Ordnung, nach all den Jahren.«

Gelassen nahm er die Handschuhe ab und steckte sie in den Helm.

Robert, einer der Nachbarn, versuchte, ihm ins Gewissen zu reden. »Mensch Karl, du bist doch schon alt und gebrechlich, lass bloß das Motorrad sein.«

Karl wurde sauer und drehte sich zu Robert um.

»Hör mal, mein Lieber, als du gestern aus dem Gasthaus nebenan gekommen bist, hattest du mal wieder ein paar Gläser zu viel. Trotzdem bist du aufs Motorrad gestiegen und natürlich damit umgekippt. Wolltest mal wieder eine Ehrenrunde drehen, weil du zehn Rotweinschorle geschafft hast. Gottseidank ist dir nichts passiert. Ich habe alles genau beobachtet. Und das auslaufende Benzin hat mehrere Löcher in die Fahrbahn gefressen. Aber ich habe dem Bürgermeister nichts davon erzählt.«

»Schon gut, Karl, ich dachte, es sieht keiner. Also, ich nehme meine Bemerkung zurück. Dann fährst du eben weiter Motorrad.«

»Ja, auf jeden Fall, und zwar besser als du.«

Robert und die anderen gingen wieder in ihre Häuser. Karl wandte sich um und eilte zu seiner Frau, um ihr von der Fahrt zu erzählen und auch darüber, dass die Bäume nicht geschnitten worden waren.

Vera meinte entschlossen: »Wir müssen es der Jugend nochmals sagen. Und du könntest öfters hinfahren und nach dem Rechten sehen.«

»Das ist eine sehr gute Idee.«

Karl dachte an die überbesorgten Nachbarn, aber auch an seine geliebten Wiesen und Felder.

Glücklich strahlte er über das ganze Gesicht, und das mit dem Motorrad war eine glänzende Idee gewesen.

Die Jugendbande

Um Mitglied in der Bande werden zu können, musste Louis etwas Verbotenes tun. Als Mutprobe. Entweder den gehbehinderten Mann aus der Nachbarschaft ein wenig anrempeln oder dem kleinen Hund der Kioskbesitzerin ein Abführmittel geben. Aber die Taten gefielen ihm nicht.

Die Bande, bestehend aus Carlo, Piet, Sven, Rosi, Kelly und Liz, alle waren um die sechzehn Jahre alt, einigte sich darauf, dass Louis in dem Kaufhaus ein funktionierendes Handy stehlen sollte. Man wählte den Donnerstagabend, da war in den Geschäften viel los und das Personal konnte nicht überall sein. Die Gang wollte ihm dabei helfen, denn so ein Handy wäre natürlich für alle recht praktisch.

Wie ausgemacht, ging Louis am Donnerstagabend in die Elektronikabteilung und wartete, bis einer der Verkäufer zu ihm herkam. Die Gang hielt sich im Hintergrund.

Nun, er wolle sich zum Geburtstag ein Handy schenken lassen und einige Geräte vorher ansehen, sagte er dem Angestellten.

Der war das gewöhnt und zeigte ihm verschiedene Modelle, dazu erklärte er ihm alle Funktionen.

Ein Gerät gefiel Louis besonders gut, und er fragte, ob man es aktivieren könne, um alles nochmals abzuchecken.

Sicher, kein Problem, meinte der Verkäufer, steckte eine Karte in das Modell und schaltete es frei.

Louis, der Anwärter, gab der Bande das verabredete Zeichen, die Kids schrien herum und simulierten eine Verfolgungsjagd mit anschließender Prügelei, wobei einer alle Handys auf den Boden warf. Das ausgewählte Telefon rutschte in die Jackentasche von Louis und sogleich verschwand die Bande von der Bildfläche.

Der Anwärter versteckte sich hinter einer Regalwand und sah, wie der Verkäufer die Handys zählte. Er war sich sicher, dass der Mann bald merken würde, dass eines der Geräte fehlte und es dem Kaufhausdetektiv meldete.

Bevor die Suche nach ihm losging, lief Louis in die Kleiderabteilug und nahm von dort den Aufzug zum Erdgeschoss. Er wollte so schnell wie möglich aus dem Gebäude, aber an den Ausgängen hatte sich das Wachpersonal aufgebaut und schaute jeden genau an.

Es kam eine Lautsprecherdurchsage, dass die Besucher doch bitte mithelfen sollten, den Täter zu finden. Louis schlich sich an einen der Bildschirme heran, dort wurde gerade gezeigt, wie der Diebstahl stattfand. Der Anwärter war gut zu erkennen.

Louis zog sich schnell die Jacke aus und nahm sich aus der Brillenabteilung ein Gestell. Dann hastete er in die Sportabteilung, dort gab es Mützen. Gleich darauf versteckte er sich bei der Kindermode, hier standen die Kleiderständer nahe beisammen und man konnte kaum entdeckt werden.

Liz, eine von der Bande, kam zu ihm, denn sie hatte sich einen Trick ausgedacht. Im unteren Stock bezahlte eine blonde Frau fünf oder sechs Kleidungsstücke.

Die Jungs warteten, bis sie alles in ihrer großen blauen Tasche verstaut hatte. Louis ging nahe an die Blondine heran und steckte das Handy einfach dazu. Draußen, so dachte er, könne man es wieder herausholen.

Die Mitglieder der Gang tasteten sich an die Ausgänge heran, aber überall war Wachpersonal.

Was war da los, wegen eines Handys so ein Aufwand?

Bei der Schmuckabteilung stand Polizei, hatten etwa die Mädchen der Gang ebenfalls geklaut?

Nein, Fehlanzeige, dieses Mal nicht.

Die Jugendlichen schlenderten zu einer Gruppe von Leuten, um sich zu informieren. Bald war es klar, hier hatten Juwelendiebe zugeschlagen und einige teure Stücke mitgehen lassen. Aber es waren Erwachsene gewesen.

Louis suchte sich nochmals eine Mütze aus, unter der er sich besser verstecken konnte. Liz umarmte ihn, beide spielten ein verliebtes junges Paar und knutschten herum.

Auf diese Art und Weise getarnt gelang es den beiden, das Kaufhaus problemlos zu verlassen.

Zehn Minuten später war auch der Rest der Gang im Freien. Carlo und Sven wurden vom Wachpersonal angesprochen, aber sonst geschah nichts.

Sie schauten nach der Blondine wegen des geklauten Handys, aber plötzlich wurde die Kundin von der Polizei überprüft.

Gleich darauf entstand am Ausgang des Gebäudes ein Gebrüll, zwei Männer wurden vom Wachpersonal festgehalten. Rasch war die Polizei dort.

Liz und Piet schlichen sich heran und erfuhren, dass im Haus ein weiterer Diebstahl stattgefunden hatte.

Den beiden Dieben gelang es, sich loszureißen und davonzurennen, drei Polizisten nahmen die Verfolgung auf. Es waren aber nur zwei Streifenwagen mit vier Beamten da, so nutzte die Blondine einen unbewachten Moment aus, um mit ihrer Tasche ebenfalls davonzurennen.

»Da läuft unser Handy«, rief Louis, gab Kelly ein Signal und die beiden verfolgten die Diebin.

»Verdammt, hat die eine Kondition, ich kann bald nicht mehr«, jammerte die junge Verfolgerin.

Doch die Diebin hatte Glück, an einer Straßenecke winkte sie einem Taxi zu und das Fahrzeug hielt an.

Aber die beiden hatten durchgehalten und erreichten die Blondine, bevor sie einsteigen konnte.

»Hör mal«, keuchte Louis, »du hast unser Handy in der Tasche. Gib es uns, es ist wichtig.«

»Was soll der Quatsch, ich hab euer Handy nicht. Warum seid ihr nicht in der Schule?«

»Nein, nein, es ist auf der rechten Seite, bitte glaub mir.«

Die Frau schaute nach. »Tatsächlich, stimmt. Und das gehört angeblich euch, ihr spinnt wohl? So ein

Ding kann ich auch gebrauchen, also haut ab, macht ne Fliege.«

Fassungslos sahen Kelly und Louis, wie die Blondine ins Taxi stieg und mit dem Handy davonfuhr.

»Verdammt, verdammt, so eine Scheiße«, schimpfte Louis, »der ganze Aufwand war umsonst.«

Sie ließen sich an der Hauswand herunterrutschen und saßen auf dem Boden.

»Das kann doch nicht wahr sein«, brummte Louis immer wieder.

Kelly schaute nach links und wurde nervös. »Mensch, Louis, da kommen zwei Polizisten angerannt, lass dir etwas einfallen.«

Ein Beamter kam her. »Hört mal, ihr beide, wir suchen eine Frau, blond, zirka eins siebzig groß, mit einer blauen Einkaufstasche. Habt ihr sie vielleicht gesehen?«

Die Gedanken von Louis rotierten, dann hatte er die Lösung. »Ja, die ist vor fünf Minuten in ein Taxi gestiegen und weggefahren. Im Kaufhaus hatte sie sich dasselbe Handy angesehen wie ich und hat es dann vor mir gekauft, ich wollte mit ihr nochmals reden. Aber ich habe die Telefonnummer von dem Apparat.«

Louis übergab dem Beamten einen Zettel, den er von dem Verkäufer in der Elektronikabteilung erhalten hatte, da stand die Nummer drauf, denn der Mann hatte eine Karte eingelegt.

»Gut gemacht«, meinte der Polizist. »Wir werden dem Hinweis nachgehen. War es ein gelbes Taxi oder ein blaues?«

»Ein gelbes«, antwortete Kelly.

»Danke für die Infos.« Die Beamten rannten zu ihrem Fahrzeug zurück.

»Gut gemacht, Louis!« Kelly klopfte ihm anerkennend auf die Schulter.

Sie gingen langsam zum Kaufhaus zurück.

Liz und Carlo waren noch da und Louis erzählte, was passiert war.

Am nächsten Nachmittag traf sich die Gang beim Kiosk, und der Anwärter wurde in die Bande aufgenommen, weil er sich so toll eingesetzt hatte.

Vier Tage später kam in den Radionachrichten, dass eine Verbrecherin durch das Anpeilen ihres Handys von der Polizei gefasst werden konnte.

Schon nach drei Wochen erhielt der Verkäufer im Warenhaus sein kleines Telefon wieder zurück.

Ein Künstlerleben

Vor über dreißig Jahren hatte Vera Volkers ihre Malstudien an der Universität erfolgreich abgeschlossen. Seitdem arbeitete sie als freischaffende Künstlerin für profane und sakrale Räume, entweder als Malerin oder auch mit Glasbildern in Kirchen. Auf die Leinwand wurden mit Pinsel oder Spachtel unterschiedliche Schichten aufgebracht und dann bearbeitet, es entstanden kräftige halbabstrakte Motive, die entweder Natur, Menschen oder Räume abbildeten.

Meist hatten die Werke einen dunklen Ton, was an den schwierigen Bedingungen lag, unter denen sie arbeiten musste. Da kam Veras Seelenleben zum Vorschein, denn ihr Atelier lag mehrere Jahre lang in einem Dachstuhl, der sich Sommers dermaßen aufheizte, dass nur nach Mitternacht gearbeitet werden konnte. Im Winter war es jedoch so kalt, dass trotz Ofen und Scheinwerfer nur wenige Bilder fertiggestellt werden konnten. Aber die Räume waren billig in der Miete.

Unter diesen Bedingungen litt auch ihre Gesundheit, denn tagsüber war sie häufig auf der Suche nach Aufträgen unterwegs, nachts arbeitete sie. Ungefähr achtmal im Jahr waren Ausstellungen zu organisieren. Vera transportierte die Bilder mit ihrem Lieferwagen zu Rathäusern und Galerien und hängte die Kunstwerke in den entsprechenden Räumlichkeiten auf.

Sie war stets auf sich alleine gestellt.

Es gab Momente, wo sie alles aus Erschöpfung und Enttäuschung hinwerfen wollte. Gerade bei Entwürfen für die Kirche arbeitete sie mehrere Wochen mit hohem Materialaufwand, da ging es um Glasmalerei. Die Kirchenoberen entschieden aber häufig aus finanziellen Gründen, das hieß, entweder keinen Auftrag oder eine preiswertere Version, weshalb sie gut planen musste, damit es kein Drauflegegeschäft wurde.

Ihr Talent hatte Vera von ihren Eltern geerbt. Ihr Vater war ein bekannter Bildhauer, durch seine Erfolge konnte er ein Haus mit Atelier bauen. Ihre Mutter war ebenfalls Künstlerin, sie bemalte hochwertige Instrumente.

Vor acht Jahren hatte Veras Mutter einen Schlaganfall erlitten. Zuerst war die Frau halbseitig gelähmt, aber durch einen eisernen Willen gelang es ihr, der Behinderung Herr zu werden. Vera war völlig erschüttert, sie konnte weder finanziell noch zeitlich eine Person pflegen. Denn sie arbeitete praktisch Tag und Nacht, um über die Runden zu kommen. Vera redete ständig auf ihre Mutter ein, dass sie nicht aufgeben dürfe; so wurde deren Zustand langsam besser.

Nach vier Jahren unternahmen Vera und ihre Mutter den ersten gemeinsamen Gang in die Stadt, was für sie beide ein großer Erfolg wurde.

Unterwegs trafen sie auf einen von Veras Bekannten, Roland Bäumler.

»Frau Volkers, das ist ja eine Überraschung.«

»Hallo, Herr Bäumler, ja, ich kann wieder laufen«, antwortete Veras Mutter.

»Du, ich kann es kaum glauben.« Dieses Mal sprach er Vera an.

»Sicher, ein Riesenerfolg, dadurch kann ich wieder arbeiten.«

»Wie hast du das hinbekommen?« Roland zeigte sich neugierig.

»Frag mich nicht. Ich bin völlig leer und ausgebrannt. Aber sie hat es geschafft.«

»Das finde ich wirklich toll! Jetzt ein Themenwechsel: Hast du neue Bilder, die ich noch nicht kenne?«

»Willst du eines kaufen?«

»Für deine Kunst ziehe ich mein letztes Hemd aus, das weißt du doch.«

Beide lachten.

»Nein, im Ernst, du malst auch Aquarelle, habe ich gesehen.«

»Ja, kleinformatig.«

»Aber trotzdem sehr gut, ich möchte sagen, genial.«

»In Atelier liegen fünf Stück, komm vorbei und schau sie dir an.«

»Das werde ich tun. Sind sie im Preis etwas günstiger als die Ölgemälde?«

»Klar doch, geniale Kunst und so preiswert. Das gibt es nur bei mir. Also, heute Abend?«

»Gut, ich komme so um acht.«

Am Abend erschien Roland wie abgesprochen, Veras Mutter öffnete die Tür und begleitete ihren Besucher in die große Küche.

»Hallo, Frau Volkers, es ist schön, Sie so fit zu sehen. Haben Sie auch wieder mit dem Malen begonnen?«

»Danke, Roland. Aber mit Farbe und Pinsel ist vorerst nichts, die Hände zittern zu sehr und das rechte Auge sieht nur verschwommen. Alles geht nur sehr langsam.«

»Aber Sie machen Fortschritte, es wird immer besser werden.«

»Roland, Sie sind ein alter Optimist«, lachte die Mutter.

Vera gesellte sich dazu. »Aha, der große Kunstmäzen Roland Bäumler beim Tratsch.«

»Natürlich, wir fachsimpeln über Rubens, Tizian und Andy Warhol.«

»Da habt ihr aber eine tolle Mischung.«

»Nun, wir sind halt die Avantgarde.« Roland grinste spitzbübisch.

»Darf ich dich jetzt zu meinem vornehmen Atelier hinführen? Die Aquarelle warten auf dich. Mein Mäzen, bitte diese Richtung.«

Im Bilderlager standen etwa einhundert Arbeiten.

»Ein faszinierender Fundus. Hätte ich viel Geld, würde ich alles kaufen.«

»Sei nicht so sammelwütig. Komm her, hier sind die kleinformatigen Aquarelle. Schau sie dir an.«

Beide beugten sich über die Bilder.

»Gut, das Format wäre für mich passend«, sagte Roland. »Die Motive sind Familien mit mehreren Kindern, das hattest du noch nicht.«

Dann richtete er sich auf, seinen Blick weiterhin auf die Bilder gerichtet.

»Bist du eigentlich noch mit Gabriel zusammen?«, fragte er wie beiläufig.

»Schon lange nicht mehr«, entgegnete sie überrascht. »Wir haben uns getrennt, nachdem klar war, dass er mein Leben für die Kunst nicht tolerieren konnte. Er wollte eine Familie, Kinder, trautes Heim, Glück zu viert.«

»Und am Herd konntest du dich nicht sehen, mit zwei Kindern am Rockzipfel?«

»Bist du wahnsinnig, willst du eine Ohrfeige?«

»Vera, ein Leben als Hausfrau wäre wahrscheinlich leichter gewesen. Und die Malerei hätte trotzdem noch stattfinden können.«

»Mach dir keine Illusionen, lieber Roland. Hat man erst Kinder, läuft nur noch wenig nebenher. Wie sollen die Bilder in die Galerien kommen, wer kann sie hinhängen? Kontakte zu Kunden und Medien brauchen Zeit und Arbeit. Man kann nur ganz für die Kunst leben oder gar nicht – es sei denn, man hat viel Geld. Dann kann es bequemer laufen, aber so weit bin ich noch nicht. Wie findest du dieses hier?«

Vera hielt ein Aquarell hoch ans Fenster.

Rolands Blick heftete sich auf das Bild, er schaute es intensiv an und sagte: »Diese Arbeit ist es. Gut ausgesucht, liebe Freundin.«

Vera legte das Aquarell wieder auf den Tisch, massierte sich den rechten Arm und stöhnte leise.

»Was ist?«

»Seit drei Tagen kann ich kaum etwas halten. Entweder eine Muskelentzündung oder die Nerven.«

»Du musst zu einem Arzt.«

»Das kostet Zeit und Geld, gerade für die Medikamente. Und ich habe beides nicht.«

»Dann nimm ein paar heiße Bäder.«

»Ich habe auch schon daran gedacht, das wäre eine Möglichkeit.«

Er holte seine Geldbörse heraus. »Was kriegst du fürs Bild?«

»In einer Galerie normalerweise sechshundert Euro. Aber direkt von der Künstlerin, sagen wir, vierhundert. Okay?«

»Klar, das passt.« Roland schob ihr die Scheine hin.

»Hoffentlich macht mein Arm nicht schlapp. Ich habe drei Auftragsarbeiten, übrigens die einzigen Verkäufe in diesem Jahr. Die Großformate müssen in vier Wochen fertig sein.«

»Da hast du ein Problem«, meinte ihr Bekannter ernst.

»Ich werde es schaffen, oder besser gesagt, ich muss es hinbekommen. Die Arbeiten sind fest zugesagt, ich kann unmöglich zurücktreten. Und außerdem ist das Geld dringend notwendig.«

»Vera, ich habe noch zwei Flaschen Rotwein im Auto. Ich gebe sie dir, für Inspiration und innere Wärme.«

Sie vertiefte sich gedankenverloren in eines ihrer Bilder und sagte leise: »Roland, wie lange kennen wir uns schon?«

»Warum fragst du jetzt?«

»Gerade hast du von innerer Wärme gesprochen.«

Sie legte ihren Blick auf ihn.

»Vera, ich bin schon auf eine Wärmflasche eingestellt. Sie heißt Lea, ist etwas größer als du und jünger. Aber ihr kennt euch.«

»Sicher, dein privates Topmodel. War sie schon in der *VOGUE*?«

»Man hat sie noch nicht entdeckt, aber es kann sich nur noch um Jahrzehnte handeln.«

Beide mussten jetzt lachen, und an der Tür gab ihr Roland einen Kuss auf die Wange, sie lächelte ihn an.

»Das gibt's bei mir nur noch selten, lieber Freund. Ich habe mein Äußeres vernachlässigt, andere Frauen sehen besser aus, das ist mir schon klar.«

Roland stellte sich vor sie hin und verschränkte die Arme.

»Du unternimmst überhaupt nichts in Richtung Partnersuche und hast dich zu sehr auf deine Malerei konzentriert. Dabei kennst du so viele Leute. Da müsste sich doch etwas machen lassen? Aber ich glaube, du bist mit deiner Kunst verheiratet, gell?«

»Meistens, aber nicht immer. Manchmal wäre auch für einen festen Freund genügend Zeit, aber wer macht ein solches Leben mit? So blöd ist keiner.«

»Vera, ich stehe auf deine Bilder, aber privat habe ich Lea.«

»Ja, ja, ich habe verstanden. Aber gehe mir ja nicht fremd in andere Ateliers.«

»Nie würde ich so etwas tun, das schwöre ich.«

»Man hat dich aber in den Werkräumen von Annette Dauner gesehen.«

»Ja, da habe ich für jemand anderen etwas gesucht.«

»Ihr Männer habt doch immer eine Ausrede.«

Vera warf Roland eine Kusshand zu, er winkte vom Auto aus zurück.

Nach zwei Wochen kam ein Brief von ihm, sie musste sich setzen. Ihr Busenfreund hatte es tatsächlich geschafft, einen bekannten Galeristen aus Köln zu finden, der zwanzig Bilder von ihr ankaufen und ausstellen wollte.

Wenig später meldete sich Roland telefonisch bei ihr, und schon am folgenden Nachmittag kamen er und der Galerist zu ihr ins Atelier. Es wurde bis in die Nacht hinein geredet, aber dann war das Geschäft perfekt.

Kurz darauf wurden ihre Bilder freundlicher und sonniger, die Motive gewannen an Aussage und Vitalität.

Innerhalb der folgenden zwei Jahre hatte ihr Galerist weitere Künstler angekauft, aber leider die Situation auf dem Kunstmarkt falsch eingeschätzt.

Die Galerie geriet in finanzielle Schieflage und

musste Insolvenz anmelden. Vera verlor vier Bilder, aber die anderen Exemplare waren verkauft worden und sie hatte ihr Geld bekommen.

Sie nahm die Niederlage hin, sah das Ganze aber pragmatisch und fuhr für ein paar Tage nach Köln, um andere Galerien zu besuchen.

Doch der Erfolg stellte sich nicht ein, keiner wollte ihre Kunst vertreten, angeblich sei der Markt gegenwärtig gesättigt.

Verflixt, dachte Vera, *ich will mein Glück wiederhaben.*

Sie blieb am Ball und reiste für eine Woche nach Berlin. Dort fand sie schließlich einen Galeristen, der sich einverstanden erklärte, fünf Bilder von ihr anzukaufen.

Nach weiteren drei Jahren war sie immer noch durch die Galerie erfolgreich vertreten, Vera hatte ihre Glückssträhne wiedergefunden.

Erinnerungen an das *Trocadero* in Pforzheim

Peter gehörte immer schon zum Inventar des Nachtklubs, seit Beginn der sechziger Jahre arbeitete er hier. Damals, nach dem Krieg, wurde die Stadt wieder aufgebaut. Endlich konnte man sich wieder vergnügen und baute im Hinterhof eines Gebäudekomplexes ein entsprechendes Lokal, in dem Musik gespielt und getanzt wurde. Die Unternehmer und Persönlichkeiten der Stadt kamen regelmäßig hierher, um unterschiedliche Musikrichtungen zu hören, zum Beispiel Samba, Bossa Nova, Rock 'n' Roll sowie Jazz.

Wenn Tanzen angesagt war, kam Peter ins Spiel. Manchmal waren Frauen alleine im Klub oder die Männer hielten sich lieber an ihren Drinks fest. Dann trat Peter heran, zeigte kurz auf die Tanzfläche und wartete einen Moment. Die Frauen verstanden sofort und gingen mit ihm freudestrahlend auf das Parkett. Er konnte gut führen und kannte die meisten Modetänze.

Nie drängte er sich auf, sondern hielt sich diskret im Hintergrund und beobachtete die Leute. Bei ihm waren die Frauen gut aufgehoben, und den Männern machte es nichts aus, wenn er mit ihren Favoritinnen das Tanzbein schwang. Und wenn früh am Morgen das Lokal schloss, begleitete Peter die Gäste zur Tür, machte Komplimente und verabschiedete die Besucher.

Die Zeiten änderten sich, die Generationen wechselten. In den Siebzigern war das Lokal geschlossen, die Doors und Jimi Hendrix passten nicht so recht zum Charakter des Klubs.

Erst Anfang der Achtziger erlebte das Lokal eine Renaissance als Bistro und Bar. Es waren die gute Popmusik und die wunderschönen Frauen, die den Ruf des Lokals neu begründeten.

Toni managte alles, und Peter war wieder da. Vor vielen Jahren begleitete er die Frauen, so waren es nun deren Töchter, auf die er aufpasste. Inzwischen war er Vater geworden, leider auch etwas dicker, sagen wir stattlicher.

Manchmal kamen die Besucherinnen von damals mit ihren Kindern in die Bar, man begrüßte sich und redete von den alten Zeiten. Auch wenn nicht mehr getanzt wurde, spielten doch ab und zu verschiedene Bands. Peter passte dann auf, dass keiner der Gäste zu viel trank oder herumpöbelte. Das gab's bei ihm nicht, und er genoss allgemeinen Respekt.

Wenn Gäste das Bedürfnis hatten, mit ihm über dies und das zu plaudern, fanden sie ihn immer an seinem ganz persönlichen Tisch, sein Blick stets in die Runde gerichtet.

Wenn er einmal nicht anwesend war, schaute man sich suchend nach ihm um. Aber nach einigen Tagen war er wieder da.

Die Jahre flogen dahin, doch auf einmal ging es Peter nicht gut. Man sah ihn nur noch selten an seinem Platz. Man hörte verschiedene Sachen über Krankenhaus und einer Operation. Und dass er krank sei.

Aber sein Tisch steht noch da, als würde er jeden Moment ins *Troc* hereinkommen und seinen alten Platz wieder einnehmen.

Globale Geschäfte

In zirka drei Jahren sollte das neue Kohlekraftwerk in Betrieb gehen. Peter Weik lief in seinem Metallcontainer auf und ab. Natürlich hatte der Auftraggeber – eine staatliche Energiegesellschaft – auch Fotovoltaik-Elemente bestellt, dazu noch Windräder. Aber in der Nacht brauchte man, gerade für die Industrie, ebenfalls Strom, und die Fotovoltaikanlage lieferte bei Dunkelheit keine Energie. Die Windräder waren eine gute Sache, aber nur, wenn eine Brise sie antrieb. Deshalb erfolgte nach langem Nachdenken die Entscheidung für das große Kohlekraftwerk, denn für die Atomenergie fehlte dem Land das entsprechende Wissen.

Weik blickte in die Ferne, die Busse mit den einheimischen Arbeitern waren wieder nicht pünktlich. Aber der aktuelle Projektabschnitt war noch nicht beendet, durch die Verspätungen geriet der Terminplan immer mehr in Verzug.

Weik trat auf die Containerplattform hinaus und schaute auf die Straßen hinunter. Eine große Staubwolke war in der Ferne sichtbar, das waren die Busse.

Weiks Aufenthaltsort befand sich in dreißig Metern Höhe, die vielen Container waren alle übereinandergestapelt, eine Welt für sich. Ganz unten waren die Aufenthaltsräume für die Arbeiter mit Kantinen und Duschen. Darüber waren die der Vorarbeiter, dann kamen die Spezialisten und Ingenieure. Weiter oben saß Oberbauleiter Lehmann, sein Vertreter. Auf der Spitze stand Weiks Container. Er war als Projektkoordinator für alles verantwortlich und berichtete direkt der Unternehmensleitung in Deutschland. Das Bauvolumen betrug ungefähr vier Milliarden Dollar.

Weik ging zurück in sein Riesenbüro und überflog die Eingangsrechnungen und Lieferscheine. Die Erdbewegungen hatte ein Unternehmen aus den Vereinigten Staaten gemacht, zuvor war das Gelände von einer deutschen Firma vermessen und abgesteckt worden. Nach dem Raupeneinsatz wurden jetzt die Fundamente und Sockel für die Gebäude zementiert, die Arbeiter waren gerade dabei, die Verschalungen dafür zu errichten. Später würden die Sand- und Zementlieferungen beginnen, das übernahmen einheimische Firmen.

Natürlich war das ein Knackpunkt, einer von vielen bei diesem Projekt. Die lokalen Unternehmen hatten ein solches Auftragsvolumen noch nie bewältigt, und Weik hatte Zweifel, ob sie die Arbeiten schaffen würden. Eine Nichterfüllung der Leistungen hatte weitreichende zeitliche und finanzielle Konsequenzen. Aber es war nicht ratsam, die einheimischen Zulieferer zu bestrafen, denn man wollte ja weitere Aufträge.

Doch bei der Schlussabrechnung gehörten gegenseitige Schuldzuweisungen zur Tagesordnung. Das bedeutete juristische Auseinandersetzungen ohne Ende, denn keiner wollte die Fehlleistungen und Nachbesserungen bezahlen.

Na ja, dachte Weik, er würde seine Subunternehmer trotzdem zur Rechenschaft ziehen und unter Umständen die Rechnungen kürzen.

Der Boss ging erneut auf seine Plattform und beobachtete die Arbeiter beim Aussteigen. Es waren zwanzig Busse, also ungefähr eintausend Personen. Sie hatten eineinhalb Stunden Verspätung.

Weik musste die ausgefallene Zeit nacharbeiten lassen, heute Abend schon. Er verständigte Oberbauleiter Lehmann.

»Ich habe bereits eine entsprechende Anweisung erlassen«, antwortete dieser. »Die Busse werden heute Abend entsprechend später kommen.«

»Die ersten zwei Abschnitte, also Fundamente und Rohbau, müssen in fünf Monaten fertig und abgenommen sein, Herr Kollege, ansonsten bauen wir in die Monsunzeit hinein und die Sache wird wegen des vielen Regens kritisch.«

»Schon verstanden«, sagte Lehmann und hastete davon.

»Und denken Sie an das Wasser für den Beton, die Leitungen müssen in drei Tagen bei uns abnahmebereit liegen«, schrie ihm Weik nach.

Der Oberbauleiter drehte sich um. »Die Firma ist noch einen halben Kilometer entfernt. Ich habe heute Morgen mit den Verantwortlichen gesprochen, sie können den Zeitplan einhalten.«

»Sehr gut.« Weik war für dieses Mal zufrieden.

Kies, Zement und Sand kamen von der Küste und wurden mit großen Muldenkippern über Dschungelstraßen direkt angeliefert. Das Wasser floss von den Bergen, die Mischmaschinerie sowie auch die Dieselgeneratoren waren bereits an der riesigen Baustelle.

Okay, dachte Weik, mit dem Bau einer Eisenbahntrasse war vor einem Jahr begonnen worden. Die Gleise führten an der Küste entlang bis zum Standort des Kraftwerks, die gesamte Ausrüstung, auch die Stromgeneratoren, wurden so transportiert. So stand es im Plan. Da die Kohle hier vor Ort gewonnen wurde, sollte später mit der Bahnlinie das überschüssige Brennmaterial für den Export zum Hafen gebracht werden.

Weik aktivierte sein Smartphone und wählte über Satellit seine Firma in Deutschland an. Die Verbindung klappte problemlos, er sprach dem Logistikleiter auf seine elektronische Mailbox. Es ging um die Termine der Schiffstransporte, Aufbau der Brennkessel und Generatoren sowie des gesamten Stromnetzes. Danach gab er einige Rechnungen zur Zahlung frei und faxte sie an seine Firma.

In den Containern weiter unten saßen die Ingenieure, Lehmann war bei ihnen.

Weik kam dazu. »Meine Herren, wir müssen prüfen, ob der Boden nicht noch weiter verdichtet werden muss. Es kommen hohe Belastungen von den Kesseln und Generatoren auf die Bodenfläche. Nicht dass durch starke Regenfälle das Ganze unterspült wird und unser Betonboden wegbricht.«

»Zur Verdichtung der Erde brauchen wir mittelgroße Steine und groben Split«, sagte Lehmann.

»Aber die Amerikaner sind noch hier, da ließe sich etwas machen.«

»Gut, in meinem Budget habe ich noch Spielräume für den Zusatzauftrag. Und prüfen Sie genau die Korrektheit der Aushübe und Verschalungen. Meine Herren, wir machen jetzt die Basisarbeit, und die muss haargenau stimmen«, ordnete Weik an.

Weik und sein Stellvertreter stiegen die Treppen nach oben. Im Büro prüften beide eingehend die Pläne.

Lehmann sagte dann: »Schauen Sie, die Stromgeneratoren haben eine Länge von zwanzig Metern. Dazu kommen alle Anschlüsse, Wartungsbühnen, die Elektronik und das weitere Zubehör. Damit haben wir eine Gesamtlänge von fünfundvierzig Metern.«

Weik rechnete nach. »Stimmt«, kommentierte er.

»Aber die Pläne zeigen an der Stelle eine Gesamtlänge der Halle von nur fünfundvierzig Metern«, stellte Lehmann fest.

Sie beugten sich angestrengt über viele Zeichnungen und Korrekturen.

»Die Pläne stimmen nicht«, sagte Weik lapidar und setzte sich. »Verflucht!«, fuhr er auf. »Wenn die Unterlagen nicht stimmen, bauen wir hier die falschen Sachen!« Er konnte seinen Zorn nicht bremsen. »Dann stimmt der Erdaushub nicht, dasselbe gilt für die ganze Verschalung und den geplanten Fundamenten.«

Weik atmete mehrmals durch und beruhigte sich.

»Wo ist die Privatnummer des Chefs der Planungsabteilung? Lehmann, haben Sie die Nummer?«

Sein Vertreter suchte in seinen Unterlagen und rief: »Gefunden, ich habe sie.«

»Her damit. Der Typ wird jetzt aus dem Bett geholt.«

In Deutschland klingelte das Telefon.

»Breuer«, klang es verschlafen aus dem Hörer.

»Weik hier, aus Indonesien. Herr Breuer, wir haben ein kleines, aber dringendes Problem. Ihre Pläne stimmen nicht«, ätzte Weik.

Durchs Telefon drang ein hektisches Schnaufen. »Wieso?«

Weik erzählte haarklein das Problem.

»Entschuldigen Sie, Herr Weik. Als Projektkoordinator unterschreiben Sie die Pläne. Und damit müssen diese stimmen«, redete sich Breuer heraus.

»Den Plan von der Generatorhalle XR 264 haben Sie unterschrieben, Herr Kollege. Da war ich schon auf der Baustelle, also ein Nachtrag. Und der stimmt nicht.«

»Langsam. Ich muss zu meinen Unterlagen ins Büro«, schnaufte Breuer. »In vierzig Minuten kommt mein Rückruf.«

Der Planer hielt die Zeit ein, er war wieder am Telefon.

»Es ist kein Problem, ich kann es erklären.« Er klang erleichtert.

»Dann schießen Sie los!«

Weik hatte den Lautsprecher eingeschaltet, damit Lehman mithören konnte.

»Die Pläne stimmen. Was sich geändert hat, sind die Generatormaße. Es findet ein anderer Typ Verwendung, ein moderneres Aggregat. Das ist von den Abmessungen her kürzer, nur noch fünfzehn Meter.«

»Warum sagt mir das keiner, Herr Breuer?«, fragte Weik energisch.

»Die Regierung hat ganz kurzfristig auf das Angebot des Elektrokonzerns reagiert und den neuen Generator gewählt. Die Änderungen liegen in Ihrem Büro.«

»Ja, auf meinem Schreibtisch in München«, rief Weik in den Apparat. »Es geht doch nichts über eine gute Kommunikation in der Firma!« Weik war stocksauer.

»Ihr Assistent in München hätte Sie verständigen müssen«, erwiderte Breuer.

»Dass ich nicht lache, der Frank Stehle nimmt gerade seinen ersten Urlaub seit drei Jahren. Es ist wie verhext. Also gut, Herr Breuer, die Sache hat sich geklärt. Ich brauche für die gesamte Stromerzeugung die neuen Abmessungen und die Leistungsdaten. Ist der neue Generator schwerer als der alte?«

»Nein, die Bodenbelastungen bleiben soweit gleich. Alle Informationen gehen Ihnen vom Elektrokonzern in den nächsten zwei Tagen zu.«

Man verabschiedete sich.

Weik und Lehmann rauchten ein paar Zigaretten, der Boss holte danach einen Whisky aus dem Fach und schenkte zwei Gläser ein.

»Soeben hatten wir ein Fünfhundert-Millionen-Problem«, grinste Lehmann.

Weik musste schlucken. »Verdammte Scheiße, und runter mit dem Zeug.«

Es war ein Single Malt aus Schottland und fünfundzwanzig Jahre alt, für besondere Anlässe.

Nachdenklich starrte Weik in das Glas, da bemerkte er etwas. »Lehmann, was ist denn da auf dem Glasboden? Sieht aus wie, na ja, wie Froscheier.«

Der Oberbauleiter kam her. »Die Flasche war dicht verschlossen, das verstehe ich nicht.«

»Verdammt, irgendwelche Insekten, holen Sie den Arzt her.«

Der Mediziner tauchte wenig später auf.

»Meine Herren, was gibt es? Sie sehen so blass aus.«

»Machen Sie keine Späße, sondern schauen Sie sich das an«, befahl Weik.

Der Arzt begutachtete den Flascheninhalt.

»Ja, es ist eine Insektenart, die in Wirtskörpern ihre Eier ablegt. Sie müssen in die Tropenklinik und sich behandeln lassen.«

»Das ist unmöglich, wir werden hier gebraucht«, antwortete Lehmann forsch.

»Die Brut wird Sie von innen heraus zerfressen, Sie müssen rasch handeln«, meinte der Mediziner.

Die Klinik in Indonesien wurde verständigt, bald kam ein Hubschrauber und holte die beiden ab. Umfangreiche Untersuchungen folgten und Medikamente wurden bereitgestellt.

Die Presse in Deutschland mutmaßte eine neue Seuche aus Asien.

Es stellte sich aber heraus, dass die Insekteneier harmlos gewesen waren. Die Brut hatte zu viel Whisky aufgesogen und war eingegangen.

Lehmann und Weik konnten weitermachen, das Vier-Milliarden-Problem fand nicht statt.

Mira

Heute wurde Mira ein neues Bewachungsobjekt zugeordnet, ein High-Tech-Elektronikkonzern, der erfolgreich irgendwelche Superchips herstellte. Diese Bauteile waren praktisch Staatsgeheimnisse, das Unternehmen hatte die Kontrollen kurzfristig angefordert.

Nachdem Mira etwas gegessen hatte, ging sie ihren Routenplan noch einmal durch. Sie programmierte die Wege und die Kontrollpunkte in ein Tablet und machte sich mit dem Auto auf den Weg.

Beim Firmengelände fuhr sie an die Eingangskontrolle, zeigte ihre Ausweise und die Schranke wurde geöffnet. Den Wagen stellte sie wie vorgesehen ab, die Codekarte und ein Passwort öffneten die Gebäudetür.

In der Halle begann der Kontrollweg durch die Korridore. In einigen Büros brannte noch Licht, Mira befragte deswegen an einer Kommunikationsstelle das Alarmsystem, erhielt aber keine passende Auskunft.

Die EDV war wohl heute nicht ganz in Ordnung, dachte sie, das kam schon mal vor.

In manchen Hallen durfte man seinen Weg und die Markierungen nicht verlassen, sonst wurde sofort ein Alarm ausgelöst.

Bei schwierigen Aufträgen entschied sich ihre Firma immer für sie. Mira war verheiratet gewesen, aber nach etlichen Jahren hatte ihr Mann sie verlassen. Jetzt klammerte sie sich an ihren Beruf, sie hatte sonst nichts.

Ihr Rundweg führte sie an einem Schreibtisch vorbei, auf dem ein Familienfoto stand. Hart atmete Mira durch, ihr Mann wollte das Leben mit den wechselnden Arbeitszeiten und den Gefahren nicht länger mitmachen. Aber sie hatten ein gemeinsames Kind, eine Tochter. Andrea war fünfundzwanzig Jahre alt und mit einem Ingenieur verheiratet. Zu Weihnachten traf man sich, immerhin einmal im Jahr.

Sie löste den Blick von dem Foto und ging zum nächsten Kontrollpunkt. Zuerst schob sie die Codekarte ein, tippte das Passwort und erhielt die Verbindung zum internen Wachdienst. Dort müsste mindestens eine Person die Bildschirme beobachten.

Mira fluchte leise vor sich hin, das System gab wieder eine falsche Antwort, es erschienen nur irgendwelche Zahlenreihen. Scheinbar war die Elektronik in den Ruhezustand versetzt worden, was aber nicht sein konnte. So etwas wurde nur zu Inspektionszwecken gemacht.

Sie versuchte, mit einem übergeordneten Code Klärung zu bekommen, aber der angezeigte Systemstatus wies auf eine Reparatursituation hin. Das konnte nicht sein, nicht bei so einer Firma.

Verdammter Mist!

Schließlich nahm sie ihr Sprechfunkgerät und wollte zum internen Sicherheitsdienst Kontakt aufnehmen. Das waren Leute, die vor allem die Kameras und Bildschirme überwachten. Aber eine Antwort blieb trotz mehrerer Versuche aus.

Mit einem unguten Gefühl ging Mira langsam in Richtung des Hochsicherheitstraktes weiter. Vor der ersten Schleuse atmete sie tief durch, zog und entsicherte ihre Dienstwaffe. Sie hatte keine Lust, die Heldin zu spielen.

Die Schleuse öffnete sich, einige Alarmleuchten fingen zu blinken an. Die Lichter im Gebäudetrakt brannten und die Zwischentüren waren geöffnet.

Mira schob sich in das erste Zimmer und blickte auf einen Körper, der unter einem Tisch lag. Er trug eine ähnliche Uniform wie sie. Es war der Mann vom internen Dienst, und er war bewusstlos oder tot.

Sofort griff sie zu ihrem Funkgerät und gab den Alarmcode durch. Das Signal ging zum Auto, dann in die Wachzentrale ihrer Firma, dort wusste man jetzt Bescheid. Rasch ergriff sie die Maschinenpistole des Mannes, prüfte sie so leise wie möglich, ein Magazin war schussbereit eingeschoben, die anderen Magazine nahm sie an sich.

Plötzlich sah Mira einen Schatten über den Gang huschen.

Zum Glück fand sie eine Lücke zwischen zwei hohen Aktenschränken und drückte sich hinein. Vorsichtig schielte sie hervor und entdeckte zwei maskierte Personen an der Tür, die gerade den Raum betraten.

Sie schauten nach dem Mann auf dem Boden, doch der rührte sich nicht. Wahrscheinlich hatten sie bemerkt, dass die Waffe des Mannes nicht mehr da war, denn die Fremden gingen zurück auf den Gang.

Mira tastete sich in das nächste Zimmer. Sie musste jetzt einen Versuch starten, nahm einen halbvollen Ordner und warf ihn in den Raum, wo sie sich zuvor aufgehalten hatte. Es polterte und schepperte, doch es fiel nur ein einziger Schuss.

Das war kein gutes Zeichen. Die hatten nicht einfach drauflosgeballert, das waren höchstwahrscheinlich Profis.

Sie musste zurück auf den Gang und in den nächsten Raum, laut Plan war dort ein Anschluss des Alarmsystems. Vielleicht konnte sie über einen aktivierten Notausgang entkommen?

Mira fand einen leeren Rollschrank, den sie als Deckung benutzen konnte. Das Ding bestand aus Metall, war stabil, aber nicht schwer. Mit der Maschinenpistole besaß sie eine hohe Feuerkraft, wollte es aber vor einer Auseinandersetzung noch mit dem Notausgang nebenan versuchen.

Sie fasste den Schrank fest an, konzentrierte sich und raste damit blitzschnell über den Gang. In Sekundenbruchteilen erkannte sie, dass nur einer der Fremden im Korridor war. Reflexartig gab der Mann zwei Schüsse ab, eine Kugel streifte Mira am Nacken, die andere knallte in den Schrank.

Aber sie hatte das Zimmer erreicht. Rasch nahm sie die Maschinenpistole, schaltete auf Einzelfeuer und schoss systematisch in die Wand zum Gang, um die Fremden fernzuhalten.

Es waren Neunmillimeterpatronen, die Geschosse gingen problemlos durch. Die Angreifer hielten vorerst Abstand, und Mira gewann Zeit. Sie kontaktierte das Alarmsystem des Gebäudes, aber die Öffnung des Notausgangs funktionierte nicht. Es wurde ihr immer klarer, das waren die Kriminellen gewesen, die hatten die EDV lahmgelegt.

Mira fluchte. Als letztes Mittel blieben nur noch die Feuermelder, die waren nicht in das Alarmsystem integriert, sondern separat geschaltet.

Sie nahm die Maschinenpistole und schoss wieder in die Wand zum Gang, um die Fremden abzuhalten.

So rasch wie möglich riss sie die herumliegenden Kopierpapierpäckchen auf, warf die Einzelblätter in die bereits geleerten Papierkörbe und setzte einen nach dem anderen in Brand – immerhin hatte sie als Raucherin stets ein Feuerzeug bei sich. Nun stellte sie die Körbe auf die Schreibtische, damit die Feuermelder schneller anschlugen und kauerte sich in eine Ecke zwischen zwei Schreibtischen.

Es dauerte ihr viel zu lang, bis der Rauch sich in dem großen Raum verteilte und der Qualm ihr in die Augen biss. Doch letztlich war die Sicht vernebelt und keiner der Männer konnte wissen, wo genau sie sich aufhielt. Aber sie ahnte, dass die Fremden angreifen würden und schaltete die Waffe auf Dauerfeuer.

Mal sehen, wer draufgeht, dachte sie bei sich, *entweder die oder ich.*

Urplötzlich erschienen vier Kriminelle im Zimmer, schossen blindlings in verschiedene Richtungen und versuchten, mit Handlöschern die Brände einzudämmen.

Mira eröffnete das Dauerfeuer und erwischte zwei Angreifer, die anderen entkamen. Blitzschnell wechselte sie das Magazin.

Jetzt sprang die Sprinkleranlage an, fluchtartig zogen die Fremden ab.

Mira sah drei Schatten über den Gang huschen, da hatte sie einen wahrscheinlich nur leicht getroffen.

Die Sirenen des Feueralarms heulten, das war im Umkreis von mehreren Kilometern zu hören.

Mira atmete auf. Nur war sie sich nicht sicher, ob alle Eindringlinge weg waren. Sie würde abwarten, bis die Polizei auftauchte.

Schnell wechselte sie ihren Platz und kroch in den letzten Winkel des großen Büros.

Irgendetwas flog mit Gepolter in den Raum, eine heftige Detonation folgte. Die Fensterscheiben zerbarsten, die Einrichtung, Lampen, Papier, alles flog durcheinander.

Die hatten tatsächlich Handgranaten, überlegte Mira.

Von der Ferne hörte sie Polizeisirenen und die Feuerwehr, und draußen, nicht weit weg, startete ein Hubschrauber. Aber die Kerle hatten sie nicht erwischt.

Mit der Maschinenpistole im Anschlag schlich sie vorsichtig in den Gang hinaus und fand einen leblosen Körper. Es war der Verbrecher, den sie getroffen hatte.

Mira drehte seinen Kopf nach oben und erstarrte. Sie kannte das Gesicht.

Dieser Mann hatte sie vor einigen Jahren eingestellt und die Firma vor neun Monaten verlassen. Er war ihr Chef gewesen.

Was immer er auch geplant hatte, mit ihr hatte er garantiert nicht gerechnet.

Tauchgang am Riff

»Du, Lars«, sagte Andrea und drehte ihm den Kopf zu, »das ist aber unser letzter gemeinsamer Urlaub.«

»Willst du wirklich ernst machen mit der Trennung?«

Sie lief auf der Terrasse des Hotelzimmers hin und her.

»Ich habe es mir gut überlegt. Die Kinder sind aus dem Haus, ich habe jetzt wieder Zeit für mich und mein eigenes Leben und will noch etwas Karriere machen. Das geht auch noch mit fünfundvierzig.«

»Aber zurück ans Theater?«

Andrea dachte nach. »Es muss nicht unbedingt als Schauspielerin sein. In der Regie, beim Film oder den neuen Medien gibt es auch Arbeit. Wer den Einsatz mitbringt ...?«

»Aber wir könnten doch zusammenbleiben und eine angenehme Zeit haben. Uns geht es gut, wir haben alles, Häuser, Grundstücke, Aktien.«

»Dir passt meine neue Richtung nicht, Lars, das Ganze gefällt dir nicht.«

Er wollte offensichtlich nicht weiterdiskutieren und wechselte das Thema. »Heute Nachmittag ist ein Tauchgang geplant. Die wollen zum großen Riff hinfahren, wir müssen uns vorbereiten.«

»Wie du willst, nun gut«, sagte Andrea, ging ins Apartment hinein und verstaute ihre Ausrüstung.

Er hatte schon gepackt, und wenig später gingen sie schweigend zu den Schiffen am Hafen.

»Die Fahrt wird ungefähr zwei Stunden dauern«, rief Kapitän Bill den Tauchergruppen zu. »Wir haben ein schnelles Schiff und das Wetter ist ideal.«

»Na, dann ist ja alles bestens«, murmelte Lars.

Andrea schaute unternehmungslustig auf ihre Ausrüstung. Am Riff machten sich die Gruppen fertig zum Tauchgang.

»Für was braucht ihr eigentlich die großkalibrigen Gewehre?«, fragte einer der Teilnehmer den Kapitän.

»Wegen der Sicherheit«, antwortete Bill.

»Was soll denn passieren?«

»Na ja, ab und zu gibt es hier Haie, aber sie sind ganz selten. Eine reine Vorsichtsmaßnahme, kein Grund zur Panik.«

Andrea und Lars ließen sich rücklings ins Wasser fallen, sie hatten sich jeweils für zwei Zehnliterflaschen entschieden. Es galt, den Tauchgang zu genießen, daher hatten sie viel Atemluft dabei. Das Meer war hier nur fünfundzwanzig Meter tief, das gab keinerlei Probleme beim Auftauchen beziehungsweise mit den Dekompressionszeiten.

Lars und Andrea fühlten sich sicher, sie schwammen am Riff entlang und schauten ab und zu nach oben zu dem Taucherschiff. In der Tiefe war es ruhig. Schwerelos glitten die beiden durch die Unterwasserwelt, vorbei an Zackenbarschen, Seesternen und großen Muscheln, in einem kleinen Höhleneingang lauerte eine Muräne. Flora und Fauna waren hier noch in Ordnung.

Andrea schaute wieder in Richtung des Schiffs und fing aufgeregt an, mit den Armen zu rudern. Lars blickte auch hin und erstarrte: Zwischen ihnen und dem Schiff befand sich ein großes Rudel Haie.

Lars war geschockt, er begann zu zählen, es waren mindestens fünfundzwanzig große Hammerhaie, eine gefährliche Gattung. Er drückte Andrea nahe ans Riff zurück und machte ihr klar, dass sie sich absolut ruhig verhalten sollten. Beide schauten auf die Druckmesser der Sauerstoffflaschen, es war noch für eine Stunde Luft darin.

Jetzt nur nicht an den Riffen verletzten, ging es Lars durch den Kopf, sonst würden die Raubfische das Blut wittern und angreifen.

Lars hatte vor, die Deckung des Riffs ausnutzen, denn Hochseehaie blieben gerne im freien Wasser. Er signalisierte Andrea seinen Plan, sie hatte verstanden.

Ein Teil der Haie schwamm um das Taucherschiff herum und schien unentschlossen. Andere bewegten sich am Riff entlang auf der Suche nach Nahrung.

Uns kriegt ihr nicht, dachte Lars.

Da beide sehr ruhig tauchten und keine Aufregung zeigten, waren die Raubfische nicht interessiert, sie hielten Abstand.

Die Minuten vergingen, Lars sah die Katastrophe kommen, denn die anderen Tauchgruppen würden in Kürze auftauchen müssen, weil ihnen die Atemluft ausging.

Nach weiteren Minuten waren die Haie immer noch nicht verschwunden, für die ersten Taucher wurde der Sauerstoff knapp. Andrea und er hatten sich an das Schiff herangearbeitet.

Ein Drei-Meter-Hai kam auf sie zu geschwommen, aber Lars stieß ihn mit seiner großen Unterwasserkamera eiskalt zurück. Der Raubfisch wirkte überrascht, jedoch hatte das Rudel sie nun entdeckt und die beiden versteckten sich wieder zwischen den Korallen.

Lars blickte zu dem Schiff, es war so weit, die anderen mussten rauf.

Eine Gruppe von vier Tauchern hatte sich vom Riff gelöst und schwamm schnell in Richtung des Schiffes. In das Rudel kam Bewegung, mehrere Haie glitten auf die Männer zu, drehten aber wieder ab. Die nächste Tauchergruppe begann los zu kraulen, das war für andere Taucher jetzt eine Möglichkeit, zum Schiff zu gelangen. Die Tiere waren abgelenkt und konnten sich nicht auf alles konzentrieren.

Andrea signalisierte Lars, dass sie beide auch losschwimmen sollten. Er zog sie aber wieder herunter und schüttelte den Kopf. Dann geschah alles ganz schnell: Die Raubfische wurden immer nervöser und versuchten, die Taucher einzukreisen.

In dem Schiff hatte man offenbar die Lage erfasst, man begann, auf die Haie zu schießen. Die Geschossbahnen zogen durch das Wasser, ein Hai wurde getroffen und schwamm blutend und mit eckigen Bewegungen weiter. Die anderen Tiere warteten nicht, sondern fielen über ihren Artgenossen her. Der Raubfisch wollte noch flüchten, wurde aber von den anderen förmlich zerrissen. Das Wasser war voller Blut und die Angreifer sehr aggressiv.

Die erste Tauchergruppe hatte das Schiff fast erreicht, als sie von zwei Raubfischen attackiert wurden. Ein Mann verlor seine Sauerstoffflasche, nachdem er sie einem Hai auf die Nase geschlagen hatte. Ein anderer Taucher wurde gebissen und blutete, die Gruppe zog ihn aber aus dem Wasser.

Ein richtiger Logenplatz hier, dachte Lars entsetzt.

Weitere Angreifer wurden getroffen. Die Haie hatten sich jetzt voll auf ihre verletzten Artgenossen konzentriert, weil diese eine leichtere Beute waren.

Eine zweite Tauchergruppe wurde von einem angeschossenen Hai attackiert, die Männer und Frauen wehrten sich mit ihren Sauerstoffflaschen und den Tauchermessern, aber einem wurde ein Bein abgebissen. Lars sah es heruntersinken und glaubte, sich übergeben zu müssen.

Plötzlich entstand eine entsetzliche Ruhe. Wie auf ein Signal hin waren die Angreifer verschwunden. Sie waren zwar noch in der Nähe, man sah sie schemenhaft. Aber sie hielten sich im Hintergrund.

Lars und Andrea schwammen vorsichtig aus ihrer Deckung heraus und schauten sich um. Auf den

Felsbrocken und am Meeresboden lagen einige Haie, entweder erschossen oder zerbissen.

Eine weitere Tauchergruppe schwamm vom Riff zu dem rettenden Schiff. Lars deutete auf die Sauerstoffanzeiger, Andrea nickte, und zusammen tauchten sie langsam und vorsichtig in Richtung des Taucherschiffs. Die Haie kamen nicht wieder.

Die Frauen und Männer kauerten auf dem Deck, ein Arzt und die Mannschaft kümmerten sich um die Verletzten. Der Mann mit dem abgebissenen Bein schwebte in Lebensgefahr, die Küstenwache war verständigt worden und schickte einen Hubschrauber. Die Besatzung redete sich heraus, indem man betonte, alles Menschenmögliche getan zu haben.

Zurück im Hafen schüttelten sich alle die Hände. Man unterhielt sich noch eine Weile, einige wollten sofort abreisen. Andere wiegelten jetzt ab, so schlimm sei es ja nicht gewesen, eben Taucherrisiko. Im Schiff hatten sie aber eine andere Meinung gehabt.

Lars sah, dass Andrea die Ausrüstung zusammenpackte, und sie gingen zurück ins Hotel.

Eine Zeitlang sagten sie nichts, dann meinte Lars: »Ich habe die Katastrophe kommen sehen, und wie es passiert ist. Wie von einem Logenplatz aus, und ich konnte überhaupt nichts tun.«

»Was hättest du denn machen sollen?«, erwiderte Andrea. »Da kann man nur hoffen und beten.«

»Sie hätten die Fische nicht abschießen dürfen.«

»Ja und nein, die hätten sowieso angegriffen, das Rudel war auf Jagd aus.«

»Wir haben ziemliches Glück gehabt«, sinnierte Lars, und Andrea nickte.

Die Tage vergingen. Die beiden machten noch einen Tauchgang, blieben aber nahe beim Schiff. Ansonsten schwammen sie lieber im Hotelpool.

Am letzten Abend, sie saßen auf der großen Terrasse, äußerte Lars: »Das Leben kann plötzlich zu Ende sein, einfach so. Ich verstehe, dass du deine Zukunft noch haben willst. Ich stehe dir nicht im Weg.«

»Oh, hat da einer seine Meinung geändert?«, blinzelte Andrea ihn an.

Und nach einer Weile meinte sie: »Es ist aber auch schön, wenn man auf seinem Weg eine Begleitung hat. Jemanden, den man gut kennt und der erfahren ist.«

Lars war überrascht und blickte ihr tief in die Augen.

»Das war gerade ein Angebot«, sagte seine Frau.

Eine Vision: Amtsantritt der ersten Erdregierung

Die Fernsehkameras schwenkten langsam von der Erdversammlung weg auf das Rednerpult zu. Der Präsident trat ans Mikrofon, lächelte und hob beide Arme zur Begrüßung.

»Liebe Erdenbürger, liebe Amerikaner, ich bedanke mich für das Vertrauen, das Sie mir geschenkt haben. Wir haben seit neustem die erste, für den gesamten Planeten verantwortliche Regierung, denn es gibt jetzt die Vereinigten Staaten der Erde. Natürlich wollen wir unsere Sache gut machen, da können alle ganz sicher sein. Ich möchte Sie zuerst ein wenig über die politischen Veränderungen informieren, die jetzt anstehen. Lange Verhandlungen gingen voraus, aber das Ergebnis kann sich sehen lassen, gerade für die USA. Nun, Sie alle waren Zeugen, wie ich vorher das Amt des amerikanischen Präsidenten niederlegte und daraufhin zum ersten gewählten Präsidenten unserer Erde vereidigt wurde.

Liebe Erdenbürger, es gab eine lange Auseinandersetzung, welches politische System eine optimale Regierung ermöglichen würde. Alle Beteiligten konnten schließlich vom amerikanischen System überzeugt werden, auch wenn es einige Veränderungen gab. Aber es werden ein Erdrepräsentantenhaus, also eine Art Bundestag mit gewählten Vertretern aus allen Ländern, und ein Erdsenat, sprich, eine Art Bundesrat mit Regierungsvertretern aus den einzelnen Staaten, installiert. Der Präsident regiert mit seinen Ministern, die er aus Erdsenat oder Erdrepräsentantenhaus ernennen kann. Wichtig ist, dass die von ihren jeweiligen Bürgern gewählten nationalen Regierungen der Erdregierung unterstellt sind beziehungsweise an sie berichten müssen. Der Erfolg von Länderregierungen wird vom Erdpräsidenten, also von mir, bestätigt oder ein Misserfolg getadelt und kann unter Umständen zum Rücktritt der jeweiligen nationalen Regierung führen. Ich wiederhole, die jeweiligen Länderregierungen sind also nicht nur ihren eigenen Wählern verantwortlich, sondern auch der Erdregierung.

Aber es geht ja auch um viel Geld, welches die nationalen Regierungen von der Erdadministration erhalten können. Die Europäer haben den Ausdruck ›Strukturfond‹ geprägt, wir werden dies beibehalten. Eines unserer Ziele ist es, die Wohlstandsunterschiede auf unserem Planeten langsam, aber sicher anzugleichen. Denn nur der, der ausreichend Geld bekommt, wird auf Dauer bereit sein, die neue Erdregierung zu unterstützen, und nicht in einen wie auch immer gearteten Widerstand oder Terrorismus abgleiten. Es werden daher mit den jeweiligen nationalen Regierungen Ziele vereinbart, zum Beispiel in Wirtschaft oder im Bildungsbereich, welche die Nationen erreichen sollen.

Das Budget der Weltregierung kommt gegenwärtig noch hauptsächlich aus den USA, Europa und

Asien. Aber ich denke darüber nach, eine sogenannte Erdsteuer einzuführen, um die Planungs-
sicherheit für meine Administration zu erhöhen.

Meine lieben Erdenbürger, noch folgende Worte
zur Weltwirtschaft: Wie Sie wissen, war das amerikanische Modell des Kapitalismus bei vielen Nationen nicht glaubwürdig genug und daher nicht
willkommen. So haben Deutschland, aber auch
Europa, eine sogenannte soziale Marktwirtschaft,
die auch Russland anstreben möchte.

Ein anderes wichtiges Thema ist, dass viele asia-
tische Staaten ein soziales Sicherungssystem mit
Zwangsbeiträgen einführen werden. China hat
schon seine Staatsfonds, Indien denkt eher an das
amerikanische Modell der freiwilligen Versicherungen, weil es die ungeheuren Summen für die
Sozialkassen noch nicht stemmen kann und der
wohlhabende Mittelstand zahlenmäßig noch zu
klein ist. Afrika hingegen war immer ein sozialer,
durch Stammesstrukturen geprägter Kontinent.
Dort erscheint mir eine Art Marktwirtschaft mit
gesetzlicher Sozialversicherung sinnvoll, die die
Erdadministration finanziell unterstützen wird.
Doch bei allen Nationen werden wir natürlich den
Willen der Wähler mitberücksichtigen, so dass es
Abweichungen geben kann.

Liebe Erdenbürger, viele Amerikaner meinen, die
Regelungen für die Weltregierung hätten der USA
zu viele Zugeständnisse abverlangt. Das ist nicht
richtig, der erste Präsident der Weltregierung ist ein
Amerikaner und für zehn Jahre gewählt. Bei der

nächsten Regierung wird der Vizepräsident ebenfalls aus den USA sein. Wir haben unser politisches System durchsetzen können und die Demokratien wurden grundsätzlich global installiert, auch wenn sie nicht überall gut funktionieren. Aber gut, die USA mussten akzeptieren, dass im Konfliktfall, wenn keine andere Lösung möglich ist, der Erhalt unserer Biosphäre absoluten, ich wiederhole, absoluten Vorrang hat. Die Nationen der Welt wollten es so und wir haben nur diesen einen Planeten für uns. Ökologie geht also vor Ökonomie, je nach Möglichkeit. Diese Entscheidung wird von allen Nationen mit gewaltigen Investitionen von ungefähr fünftausend Milliarden Dollar für unsere Biosphäre in den nächsten zehn Jahren umgesetzt. Ich wiederhole nochmals: Die Erhaltung unseres Planeten hat absolute Priorität.

Auch wegen der globalen Kapitalströme und des Systems unseres Kapitalismus musste Amerika einlenken. Natürlich gibt es einen globalen Kapitalmarkt und wir denken an die baldige Einführung einer globalen Währung, dem Solar, er besteht aus einhundert Cent. Weiterhin existiert eine globale Zentralbank, auch wird ein globaler Basiszins eingeführt. Er kann aber, je nach dem wirtschaftlichen Zustand verschiedener Regionen, um mehrere Punkte verschieden sein. Die globale Zentralbank ist von der Weltregierung unabhängig, es werden aber gemeinsame Ziele formuliert.

Sogenannte Spekulationsgewinne, zum Beispiel von Hedgefonds, werden über ein gewisses Maß hinaus unterbunden beziehungsweise weggesteuert. Denn langfristige Arbeitsplätze sind uns wichtiger als der alleinige Shareholder Value; in Kürze wird von uns der Stakeholder Value per Gesetz eingeführt werden. Das bedeutet, dass auch andere Interessen, auch die der Ökologie und nicht nur die des Kapitals, berücksichtigt werden müssen. Die Raubrittermethoden zur Ausbeutung unserer Erde gehen damit zu Ende. Auch für Unternehmensprofite werden global Empfehlungen erarbeitet, an die sich die Firmen halten sollten. Es ist jetzt, viele sagen endlich, die Situation eingetreten, dass die globalen Kapitalmärkte der Kontrolle der Erdregierung unterliegen. Das war vorher nicht der Fall, es war eher umgekehrt, viele Staaten, gerade in Afrika, waren von ausländischem Kapital dominiert und abhängig geworden.

Allgemein ausgedrückt wollte die Mehrzahl der Nationen einen mehr regulierten Kapitalismus.

Liebe Erdenbürger, dies alles bedeutet eine Zunahme an Bürokratie, aber es war der Wunsch aller Länder. Denn das bisherige Wirtschaftssystem konnte die globalen Probleme, vor allem bei Umweltschutz, knapper werdenden Rohstoffen und Energie nicht zufriedenstellend lösen. Unternehmensprofite sollen und müssen aber nach wie vor möglich sein.

Lassen Sie mich jetzt auf das Problem des Terrorismus eingehen. Gerade in Palästina, aber auch in Afghanistan und im Iran sind die Demokratien schlecht verankert und die Regime zu den Nachbarstaaten eher aggressiv. Vor allem droht noch immer der Streit zwischen Israel auf der einen, dem Libanon, dem Iran und den Palästinensern auf der anderen Seite. Durch unsere Erdregierung hoffen wir nun, mit einer weltweiten wirtschaftlichen und sozialen Entwicklung, gesteuert auch durch die nationalen Regierungen, dem Terror den Boden zu entziehen. Und die Staaten, die nach wie vor aggressiv zu anderen sind, müssen die Reaktion der vereinigten Streitkräfte der USA, Chinas und Europas befürchten. Daher denken wir, dass der Terror an Boden verlieren wird.

In diesem Zusammenhang möchte ich sagen, dass auch den islamischen Staaten, die das wollten, Übergangsfristen und Sonderrechte eingeräumt wurden. Wie schon ein europäischer Staatsmann einmal sagte, jeder soll nach seiner Fasson glücklich werden, so lange er die globale Verfassung achtet. Aber es wird sofort massiv interveniert, wenn der Westen oder Asien angegriffen werden.

Mein chinesischer Vizepräsident sagte mir soeben, dass viele Telefonanfragen bezüglich des politischen Systems eingegangen sind.

Also nochmals einige Erklärungen: Es existieren ein Weltrepräsentantenhaus und ein Weltsenat. Im Parlament sitzen die gewählten Vertreter der einzelnen Staaten. Es gibt eine Mindestzahl von Abgeordneten für jedes Land, die großen Nationen haben mehr Vertreter. Im globalen Rat oder auch Senat, wie die Amerikaner sagen, sitzen Vertreter der nationalen Regierungen. Bestimmte Gesetze müssen beide Häuser passieren, andere nicht. Als eine Einrichtung, die für den Präsidenten eine beratende Funktion hat, ist der Weltsicherheitsrat vorerst beibehalten worden. Und natürlich gibt es eine Erdversammlung, ähnlich einer früheren Nationalversammlung. Sie tritt zusammen bei Änderungen der Erdverfassung und bei der Wahl des Präsidenten unseres Planeten.

Noch ein Thema zum Schluss: Es gibt eine neue Weltraumbehörde für die Menschheit, sie heißt Global Space Agency oder auch GSA. Sie soll alle Weltraumaktivitäten koordinieren, weil nationale Alleingänge nicht mehr zeitgemäß sind. Auch werden die Erforschung und der Besuch der äußeren Planeten so viel Geld kosten, dass sich eine Zusammenarbeit empfiehlt.

Liebe Weltbürger, es ließe sich noch vieles sagen. Aber als einzige verbliebene Weltmacht haben wir vor zirka zwanzig Jahren mit den Verhandlungen begonnen und diesen Weg dann eingeschlagen. Weil wir das Beste für die Menschheit und unseren Planeten wollten, und das ist sicher eine vereinigte Erde, wo Konflikte friedlich gelöst werden und knapper werdende Rohstoffe, Nahrung und Bildung für alle Menschen verfügbar sind.

Aber nichts ist vollkommen. Wir müssen beobachten, wie unsere Politik global und regional wirkt. Wichtig sind auch unabhängige Medien in jedem Land, um das Funktionieren der Demokratien zu unterstützen.

Ich möchte Ihnen noch etwas zeigen, liebe Erdenbürger und Amerikaner, es ist die neue Flagge der Erdregierung. Auf den ersten Blick sind es die ›Stars and Stripes‹, aber schauen Sie genauer hin: Es sind nur acht Planeten und die Sonne in der Mitte, also unser Planetensystem. Und wir bereiten uns darauf vor, Kontakt zu Fremden aus anderen Sonnensystemen aufzunehmen.

Ich komme nun zum Ende meiner Ausführungen. Ich wünsche mir und meiner Regierung eine erfolgreiche Zeit und dass die Ziele für die Menschheit, die wir uns gesetzt haben, auch erreicht werden. Dazu werde ich mein Möglichstes tun. Gott segne die Erde, God bless the Earth.«

Die Erdversammlung erhob sich und spendete langen Beifall. Eine neue Epoche hatte begonnen.

Autorenvita

 HANS-JOACHIM BISCHOF
studierte Maschinenbau und Betriebs-
wirtschaftslehre mit dem Abschluss
Diplom-Kaufmann an der Universität
Mannheim. Danach Tätigkeiten in In-
dustrie und Handel. Absolvent der
Cornelia Goethe Akademie, Frankfurt
am Main, mit dem Lehrgang »Literari-
sches Schreiben«. Darauf folgend Teilnehmer an dem Kurs
»Drehbuch-Autor« der Studiengemeinschaft Darmstadt.
Seit vielen Jahren veröffentlicht er Kurzgeschichten und
Romane, sowohl im Bereich Gegenwartsliteratur als auch
im Genre Science-Fiction.
Er ist Mitglied im Goldstadt-Autoren e. V., Pforzheim.

Bisherige Veröffentlichungen:

Der Brückentänzer, Kurzgeschichte in: „Von Brücke zu Brücke", Hrsg.
Goldstadt-Autoren e. V., Books on Demand (BoD), Norderstedt 2024.
Katja von den Göttern, Science-Fiction-Roman, Books on Demand (BoD),
Norderstedt 2021.
Katja von den Sternen, Science-Fiction-Roman, BoD, Norderstedt 2020.
Das Zelt der Träume, Kurzgeschichten, BoD, Norderstedt 2010.
Die Zeit mit Alexandra, Kurzgeschichten, BoD, Norderstedt 2008.
Generation Berlin, Roman, BoD, Norderstedt 2007.
Die Sache kann laufen, Kurzgeschichte in: „MaxX, Sparen ist das Größ-
te", Hrsg. Sparkasse Pforzheim, Pforzheim 2006.
Die Andacht der Gladiatoren, Kurzgeschichten, Verlag Mein Buch, Ham-
burg 2005.